UN DESEO SECRETO
Leanne Banks

DISCARD

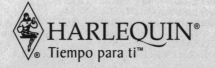

HARLEQUIN®
Tiempo para ti™

NOVELAS CON CORAZÓN

Editado por HARLEQUIN IBÉRICA, S.A.
Hermosilla, 21
28001 Madrid

I.S.B.N.: 84-396-9573-X
Depósito legal: B-52066-2001
Editor responsable: M. T. Villar
Diseño cubierta: María J. Velasco Juez
Composición: M.T., S.L.
Avda. Filipinas, 48. 28003 Madrid
Fotomecánica: PREIMPRESIÓN 2000
c/. Matilde Hernández, 34. 28019 Madrid
Impresión y encuadernación: LITOGRAFÍA ROSÉS, S.A.
c/. Energía, 11. 08850 Gavá (Barcelona)
Fecha impresion para Argentina:5.6.02
Distribuidor exclusivo para España: LOGISTA
Distribuidor para México: INTERMEX, S.A.
Distribuidores para Argentina: interior, BERTRAN, S.A.C. Vélez
Sársfield, 1950. Cap. Fed./ Buenos Aires y Gran Buenos Aires,
VACCARO SÁNCHEZ y Cía, S.A.
Distribuidor para Chile: DISTRIBUIDORA ALFA, S.A.

Prólogo

–Algún día cobrarás por esto, y quizá no te guste cómo te pagan.

–Lo sé –le dijo Dylan Barrow a Michael Hawkins, uno de sus mejores amigos–. Pero tengo que hacerlo.

–Cuando ella recupere la memoria y recuerde quién eres y que no le dijiste la verdad, estarás perdido –le advirtió Michael. Después le pidió otra ronda al camarero del O'Malley's, en St. Albans, Virginia.

–En realidad, no le está mintiendo –dijo Justin Langdon, otro amigo de Dylan.

–Está omitiendo información –dijo Michael–. Justin, no llevas suficiente tiempo casado como para saber qué de problemas te puedes buscar por omitir información.

Dylan sintió un nudo en la garganta y bebió un poco de cerveza.

–Alisa me necesita. Su madre está viajando por Europa. En estos momentos no tiene a nadie más que a mí.

Michael suspiró y dijo:

–Es difícil creer que Alisa Jennings es la misma chica que solía darnos galletas a escondidas cuando vivíamos en el hogar infantil Granger y su madre trabajaba en la cafetería. ¿Qué es lo que recuerda?

—Cosas sueltas —dijo Dylan—. A veces la miro y noto que se siente totalmente perdida, pero últimamente está cada vez más frustrada y enfadada. El doctor dice que la frustración es normal, y que prefieren verla así que deprimida.

—Siempre fue una mujer luchadora, a su manera —murmuró Justin.

—¿Luchadora? Quizá como una mariposa. Siempre fue muy sensible, nunca quería herir los sentimientos de nadie.

—Pero siempre luchó para seguir a tu lado —dijo Justin—. Recuerdas lo mucho que practicó para vencer el miedo de agarrar la pelota. Un día salió con un ojo morado.

Dylan recordaba el mismo incidente. Cuando vivía en Granger's Alisa siempre había estado a su lado. Amable, tranquilizadora, constante. Había sido su perdición. Sin darse cuenta, había confiado en ella y daba por hecho que siempre estaría allí. La amistad de la infancia floreció y terminaron siendo un par de adolescentes enamorados. Justo después, la madre de Alisa se casó de nuevo y se mudaron a otro estado.

Cuando ella se marchó, el vacío que sentía Dylan era tan grande que prometió no confiar en nadie de esa manera nunca más.

—Nunca nos has contado la historia completa de lo que pasó cuando los dos os encontrasteis en la universidad —le dijo Justin.

—Terminó muy mal —dijo Dylan, y recordó la

expresión de traición que había en los ojos lloro-
sos de Alisa. Ella lo había echado de su vida y
nunca volvió a mirar atrás. Con el tiempo, Dylan
se percató de que una mujer como Alisa solo
aparecía una vez en la vida de un hombre, si es
que tenía suerte.

–Tengo la sensación de que ella apenas habla
contigo cuando estamos todos –dijo Justin, y
miró el reloj–. Pero no te preocupes. Esta noche
no te voy a dar la lata. Uno de los gemelos tiene
sarampión y creo que nuestra casa va a ser un lío
durante todo el mes. No quiero que Amy em-
piece con su rutina de Juana de Arco, así que
tengo que irme temprano.

Dylan miró a Justin. Su amigo siempre había
estado en contra del matrimonio y de la paternidad y, sin embargo, se había hecho partidario del
matrimonio y era un padre maravilloso para los
tres niños que habían adoptado.

–Me asombras –le dijo Dylan–. Y pensar que
todo comenzó con tu úlcera de estómago.

Justin esbozó una sonrisa.

–Sí. Amy me salvó la vida en más de un sentido. Quiere saber quién donó el dinero para su
programa extraescolar para chicos problemáti-
cos. Hasta el momento, he conseguido eludirla,
pero su ingeniosa insistencia podría significar mi
muerte –dijo, y bebió un trago de cerveza.

Michael se rio.

–Yo tengo el mismo problema con Kate. Es
una tortura tratar de ocultarle a mi esposa mi
participación en el Millionaire's Club.

–Decidimos que sería una asociación benéfica

secreta pero si queréis decírselo a vuestras mujeres, no me importa.

Justin y Michael se quedaron en silencio durante un momento.

–Eso significaría que Amy no sería tan creativa para intentar hacerme hablar –dijo Justin, y miró a Michael.

–Dejaremos las cosas tal y como están. Te toca a ti nuestro próximo proyecto –le dijo a Dylan–. ¿Cómo va?

–Despacio pero seguro –dijo él–. Quiero encontrar la manera de comenzar un proyecto de investigación de bioingeniería con Remington Pharmaceuticals.

–Sabía que este iba a ser caro –dijo Justin–. No sé si vamos a tener suficiente dinero para esto.

–Espera –dijo Dylan. Sabía que aunque Justin era millonario, siempre sería un tacaño–. Ya conocéis la historia. El padre que no sabía que tenía hasta que murió me dejó un cargo en la junta directiva de Remington Pharmaceuticals como parte de mi herencia. Al resto de los miembros de la junta no les hizo ninguna gracia, así que he tratado de mantenerme al margen y solo he hecho una sugerencia de vez en cuando. Daba mis votos como un favor. Ahora es el momento de que me los devuelvan.

Michael miró a Dylan con sorpresa.

–Dejaste que se sintieran a gusto contigo, que se endeudaran contigo y ahora vas a presentarles ese proyecto de investigación. Buena estrategia.

–Decidí que era mejor guardarme las energías para las cosas que realmente me importaban.

Michael asintió.

—¿Es algo parecido al hecho de que te lleves a Alisa a tu casa para que se recupere?

—Sí —dijo él. Sabía que tenía que apostar más por Alisa que por el proyecto de bioingeniería. En el fondo, Dylan sabía que era su última posibilidad.

—No me gustaría estar en tu lugar. ¿Cómo crees que va a terminar todo esto? ¿Que te ganarás su eterna gratitud si cuidas de ella mientras se recupera de la amnesia?

—La eterna gratitud sería dar un paso adelante frente a su eterno desdén —masculló Dylan pensando en cómo Alisa no le había concedido ni los buenos días durante los últimos años. Él quería más de lo que admitía. Dio un largo trago y añadió—. Nunca he estado tan seguro de lo que tenía que hacer. Quizá Alisa me odie después, pero ahora me necesita.

Capítulo Uno

¿Era una mujer habladora o callada?
¿Era coqueta y atrevida con los hombres?
¿O era una mujer recatada?

Se miró en el espejo del baño del hospital y trató de reconocerse en el espejo. Tenía los ojos verdes, el pelo liso y rubio y la piel clara a excepción de las moraduras que tenía en la frente. Tenía dos remolinos en el lugar donde el cirujano le había puesto los puntos.

Le habían dicho que se llamaba Alisa Jennings. Sabía que hablaba francés lo bastante bien como para que la contrataran como intérprete.

Sabía que tenía veintiséis años. Pero había tantas cosas que no sabía de sí misma que deseaba gritar. En una de las sesiones con el psiquiatra, había gritado y el especialista permaneció tan calmado que Alisa sintió ganas de tirar la bandeja de la comida contra la pared.

Alisa no sabía muchas cosas, pero sí conocía lo importante que era conocer su propia historia, sus puntos fuertes y sus puntos débiles. Ella no sabía nada de eso, y odiaba ese sentimiento de vacío.

Odiaba las preguntas que le venían a la cabeza. ¿Quién era ella? ¿Era una mujer malvada y egoísta? Suponía que no podía ser muy malvada teniendo en cuenta cómo se había metido en ese lío. Había perseguido al perrito de un niño.

Así que, ¿era una buenaza? Eso era peor que ser malvada.

Quería obtener las respuestas de todas sus preguntas, pero por mucho que lo intentara su cerebro se negaba a dárselas.

–Qué dolor –se dijo, y sacó la lengua al reflejo del espejo.

–¿Te duele algo? –le preguntó una voz masculina.

Alisa reconoció la voz inmediatamente. Quizá no recordara los años de amistad que según decía Dylan habían compartido, pero reconocía su voz porque él había ido a visitarla todos los días desde que ingresó en el hospital.

Salió del baño.

–Pensaba golpearme la cabeza contra la pared para ver si puedo recuperar la memoria.

–Creo que de momento ya te la has golpeado bastante –le dijo, y le acarició con suavidad la moradura que tenía en la frente.

Ella se quedó quieta, observándolo. Era más alto que ella, tenía anchas espaldas y el cuerpo musculoso. Su pelo castaño tenía mechones más rubios, lo que demostraba que pasaba tiempo al sol. Se movía con elegancia y tenía cierto encanto masculino que llamaba la atención de varias enfermeras del hospital. La mirada intensa e inteligente de sus ojos color miel no dejaba traslucir su inquieta sonrisa.

En resumen, su amigo de toda la vida estaba

estupendo y Alisa se preguntaba cómo había podido pasar tantos años sin enamorarse de él. Quizá podía preguntárselo alguna vez. Podría escudarse en la amnesia, al fin y al cabo aquella pesadilla debía serle útil para algo.

—¿Estás lista? —preguntó él.

Alisa suspiró. Dylan le había ofrecido que se quedara en su casa hasta que se recuperara. Aunque deseaba poder regresar a su apartamento, sabía que necesitaría un poco de tiempo para recuperarse. Durante su estancia en el hospital la habían visitado varias personas, pero Dylan era el único que parecía aceptar mejor su pérdida de memoria.

—Sí. ¿Siempre he sido tan impaciente?

—¿Impaciente?

—Estoy impaciente por saber las respuestas acerca de mi vida. Me impacienta cansarme cada día y tener que dormir la siesta —dijo ella y agarró su bolsa.

Dylan hizo ademán de llevársela. Ella se resistió.

—¿Estás segura de que no estás preguntándome si siempre has sido independiente? —le preguntó él e hizo un gesto para que saliera.

—¿Le estás buscando tres pies al gato? —preguntó ella mientras se encaminaban hacia el ascensor. Se despidió de las enfermeras de la planta. Nunca olvidaría lo bien que la habían tratado.

—No elegiría la palabra impaciente —dijo él—. Creo que te gusta tener el control de tu vida y ahora no lo tienes.

Ella lo miró y entró en el ascensor.

–¿Y qué palabra elegirías?

–Independiente –repitió él–. A veces, intrépida.

–Me apuesto a que eso último me ha creado más de un problema –dijo ella.

–Alguna vez –dijo él.

Alisa se preguntaba si esos problemas tenían que ver con algún romance.

–¿Cómo era con los hombres? –preguntó.

–¿Con los hombres?

–Sí. ¿Era intrépida con ellos? Sé que no estoy casada. ¿Estuve comprometida alguna vez? ¿Se me ha roto el corazón en alguna ocasión? ¿Era el tipo de mujer que se queda sola y desconsolada en casa el sábado por la noche o era de las que se lía con ellos y luego los abandona?

Dylan sintió un nudo en la garganta al oír sus preguntas.

–Una vez estuviste comprometida, pero rompiste con él. Creo que quizá sí tuviste el corazón roto en una ocasión –dijo él, consciente de que él había sido el responsable–. No puedo decir que fueras una mujer de las que se queda en casa suspirando de tristeza, pero tampoco puedo hablar mucho acerca de tu vida amorosa de los últimos años porque tú no hablabas de ella.

–Una mujer reservada ¿no? –dijo ella–. Bueno, ¿y qué pasó cuando me partieron el corazón?

–Tú eras más joven. Él era un inmaduro y no apreciaba lo que tenía.

–Estás diciendo que no me merecía –dijo ella.

–No te merecía –dijo Dylan hablando de sí mismo–. Lo dejaste, y cuando volvió a acercarse a ti, no le diste otra oportunidad.

–Hice bien –dijo ella con firmeza.

Dylan pensó que Alisa seguía siendo la misma persona y que cuando recuperara la memoria lo volvería a abandonar. Imaginaba que tenía muy pocas posibilidades de hacerle cambiar de opinión, además, esa no era su intención. Su propósito era proporcionarle el entorno adecuado para su pronta recuperación.

Salieron del ascensor y ella lo miró a los ojos. Dylan observó que su mirada transmitía amabilidad y humor, en lugar de la fría indiferencia de los últimos años.

–Quizá te canses de contarme mi pasado –le advirtió–. Prométeme que me lo dirás cuando te canses de mí.

Dylan tragó saliva. Si se hubiera cansado de aquella mujer, su vida amorosa habría sido mucho más satisfactoria.

–Te lo prometo –le dijo, y la llevó hasta el coche.

–Tienes una casa muy bonita –dijo Alisa mientras bebían limonada en el porche que daba a la piscina. Era un día caluroso, y el agua estaba tentadora.

–Hay un bañador entre las cosas que elegí en la tienda –dijo él.

Ella sonrió.

–Debo ser muy clara. ¿Has visto que se me cayera la baba?

–No, pero pensé que te bañarías mejor con un bañador que con la ropa que llevas puesta.

Alisa se puso en pie.

–Sé que puedo nadar, pero no sé cómo lo hago de bien.

–Eres una buena nadadora, pero no te metas en la parte profunda.

–Puede que te parezca raro, pero consigues que tener amnesia sea algo más llevadero.

Él la miró dudoso.

–¿Cómo?

–No es tan grave que recuerde muy poco de mí misma –dijo ella.

–Lo importante es que estás viva y que te pondrás bien. Solo se te han descolocado un poco las neuronas –dijo él con una sonrisa que haría dar un vuelco al corazón de cualquier mujer.

«Pero no al mío», pensó Alisa a pesar de la extraña sensación que sentía en su pecho.

–¿Y qué pasa si mis neuronas no se colocan otra vez como estaban?

–Las importantes se colocarán –dijo él con tanta seguridad que hizo que Alisa recuperara la confianza.

Él no tenía ni idea de lo que para Alisa significaba que confiara en ella. Alisa no sabía qué pensar. Hacía tantos esfuerzos para recolocar sus pensamientos que a veces no se fijaba en otra cosa, pero cuando lo hacía, siempre veía a Dylan, y deseaba conocerlo tanto como deseaba conocerse a sí misma.

* * *

Después de nadar varios largos se sintió cansada y se sentó en el borde de la piscina.

–¿No has pensado en comenzar nadando un par de largos en lugar de entrenarte para un sprint de doscientos metros?

Ella se fijó en los pies descalzos de Dylan y dijo:

–No. Por favor, márchate y deja que me muera en paz.

–No en mi propiedad –dijo él–. ¿Quieres que te lleve hasta esa tumbona que está a la sombra?

–No. Iré dentro de un min... –se calló cuando él metió una mano por debajo de sus piernas y le agarró por la espalda con la otra–. No tienes que... –él la llevó hasta la tumbona.

Alisa se cubrió los ojos con frustración y sintió que se le llenaban de lágrimas.

–¿Quieres que te vuelva a llevar hasta el borde de la piscina? –le preguntó él.

Ella negó con la cabeza, pero permaneció con los ojos tapados.

–Alisa, manda señales de humo o envíame una paloma mensajera, ¿cómo te puedo ayudar?

Ella respiró hondo y trató de deshacerse de la opresión que sentía en el pecho.

–¿No sabes que los niños lloran cuando están muy cansados?

–No había pensado en ello hasta que lo mencionaste –dijo él.

–Solo quiero poder pasar los días sin tener que dormir la siesta –dijo. Se secó la mejilla y lo miró.

–Eso sucederá algún día –dijo él–. Pero puesto

que has pasado cuatro semanas tumbada en la cama de un hospital, necesitarás unos días antes de poder participar en las olimpiadas —alzó la mano al ver que ella se disponía a responder—. Te he traído aquí para que pudieras recuperarte. Tu cuerpo ha sufrido mucho. Tómatelo con calma y no te tortures.

—Pero quiero ser más fuerte —dijo ella.

—Ser cabezota no te va hacer que seas más fuerte —le dijo él.

—¿Me estás echando la bronca?

—Sí, y con razón, puesto que soy tu... amigo. Tómatelo con calma.

—¿Y si no quiero?

—Entonces puedes seguir sintiéndote como te sientes ahora o puedes terminar otra vez en el hospital —masculló algo—. El psiquiatra me advirtió que serías difícil de tratar , pero no me esperaba esto.

—¿Difícil? ¿Cómo?

—Discutidora, sensible, frustrada, llena de dudas.

—Yo no soy difícil —le dijo—. Puede que no sepa mucho acerca de mí misma, pero sé que no soy difícil, sensible, ni discutidora —lo miró a los ojos y se percató de que sí lo estaba siendo—. Yo no soy difícil —dijo tratando de permanecer calmada—, excepto después de pasar un mes en un hospital y tener que recuperarme de la amnesia. Esa es la única ocasión en la que soy difícil. E incluso entonces, no lo soy demasiado.

Él se mordió el labio y dijo:

—Solo he venido a decirte que la cocinera está

preparando pescado para la cena. Quería saber si te gusta la comida picante.

Alisa cerró los ojos durante un instante y pensó en la comida picante. De forma instintiva supo que sí que le gustaba. El médico le había dicho que recordaría cuáles eran sus gustos, pero que le costaría recordar lo que había tomado para desayunar o dónde había dejado las llaves. La falta de memoria a corto plazo era otra de las cosas que acababa con su paciencia. Trataba de combatir sus problemas de memoria haciendo crucigramas y escribiendo listas. Miró a Dylan, sabía que debía ser muy aguda si quería seguirle el ritmo. Estaba decidida a que aquello sucediera.

–Sí –dijo al fin–. No preguntes cómo lo sé –dijo, y se dirigió a la habitación. Quizá una siesta le sentaría bien.

–Estás muy callada –dijo Dylan cuando se sentaron en la terraza después de cenar– ¿Estás cansada o... enfadada?

–No. Solo estoy pensando. Antes de cenar he recordado algo acerca de mi trabajo.

Dylan bebió un poco de whisky y preguntó:

–¿De qué te has acordado?

–Uno de los franceses para quien hago de intérprete me tira los tejos cada vez que viene a los Estados Unidos.

–¿Y cómo lo llevas?

–Bromeo y le digo que va a romperme el corazón. Creo que le gusta perseguirme. Muchos hombres son así –murmuró.

–¿Cómo son?

–Les gusta más ir detrás de una mujer que la relación en sí misma –lo miró–. ¿Y a ti?

Dylan dio un trago de whisky y se encogió de hombros.

–Yo no suelo ir detrás de las mujeres.

–Eres el perseguido en vez del perseguidor. No me sorprende. Eres guapo, rico y no un completo estúpido.

Él la miró de reojo.

–Un gran cumplido –murmuró–. Ser el perseguido tiene su lado negativo.

Alisa se rio.

–Pobre Dylan. Rodeado de mujeres. Debe ser terrible.

–¿Te parece que estoy rodeado de mujeres? –le preguntó–. A mí me parece que solo estoy atormentado por una.

Ella se rio otra vez.

–¿Siempre te han perseguido? ¿Por qué crees que es? ¿Siempre fuiste guapo y encantador?

Él esbozó una sonrisa y Alisa sintió que le daba un vuelco el corazón.

–Guapo y encantador. Otro gran cumplido. ¿Siempre me han perseguido las mujeres? Digamos que siempre me ha resultado fácil tener una cita. ¿Por qué? No tengo ni idea. Pero he aprendido una buena lección. La calidad es más importante que la cantidad. Prefiero que me persiga una mujer adecuada que cientos de no adecuadas. Y cuando me persiga la mujer adecuada, me atrapará.

–¿Y qué pasa si tienes que ser tú el perseguidor para conseguir a la mujer adecuada?

Se puso muy serio.

–Podría hacerlo –dijo él con tanta seguridad
masculina que hizo que Alisa se estremeciera.

Quería hacerle muchas preguntas, pero por algún motivo no estaba segura de querer oír las respuestas. Alisa sabía que no podía enterarse de todo
lo que quería saber acerca de aquel hombre en una
sola tarde, ni en un mes. Agarró el vaso de whisky.

–¿Puedo probarlo?

–Adelante –dijo él sorprendido.

Ella dio un trago y sintió cómo el líquido le
quemaba la garganta.

–¿Te gusta?

Alisa hizo una mueca y empujó el vaso hacia
donde estaba Dylan.

–¿Cómo puedes beber eso?

–Se le va tomando el gusto con el tiempo. Es
un whisky de veinticinco años.

–Entonces, préndele fuego –dijo ella, y sintió
gran placer al verlo reír.

Alisa pensó que Dylan podía volver locas a las
mujeres. Durante un momento temió volverse
loca por él, pero enseguida desechó esa posibilidad. Él le había dicho que eran amigos, pero
Alisa se preguntaba cómo se podía ser amigo de
Dylan sin desear algo más. Debía de haber algún
motivo. Pronto lo descubriría.

El grito de Alisa lo despertó de un sueño pro-
fundo. Dylan se sentó en la cama. Otro grito

rompió el silencio de la oscuridad y él se levantó y se dirigió hacia la habitación de Alisa. El doctor le había advertido acerca de las pesadillas.

Entró sin llamar y, con la de la luz de la luna, la vio sentada en la cama tapándose la cara con las manos. Su respiración entrecortada hizo que a Dylan se le formara un nudo en la garganta.

—Alisa —le dijo en voz baja para no asustarla y se sentó en la cama junto a ella.

—Lo siento —dijo ella temblando—. Una pesadilla. Cuando estoy despierta no recuerdo mucho sobre el accidente, pero he tenido algunas pesadillas. Siempre veo el perrito de un niño corriendo hacia la calle. El niño va con muletas y por algún motivo yo sé que el perro significa todo para él. Yo salgo corriendo detrás del perrito y un coche dobla la esquina. Lo intento, pero no puedo correr lo bastante deprisa...

—El niño era Timmy —dijo Dylan, y le dio un abrazo. Sabía que Alisa era fuerte, pero sin embargo, en esos momentos le parecía muy frágil—. Timmy es un niño que tiene parálisis cerebral y a quien has cuidado varias veces para que la madre se tome un descanso. Saliste corriendo detrás del perro para que no lo hiciera él.

—Me mandó dibujos que había pintado él al hospital —respiró hondo y sonrió un poco—. ¿El cachorro está bien, verdad?

—Sí —murmuró Dylan. Entremetió los dedos en el cabello de Alisa y sintió una de sus cicatrices. Sintió gran presión en el pecho al recordar los días posteriores al accidente. Podía haber perdido a Alisa para siempre. Aunque ya no tenía ninguna oportunidad con ella, saber que existía le permitía creer en el futuro.

–Cada vez que tengo ese sueño me asusto. Odio tener miedo –dijo ella.

«No me extraña», pensó él, y recordó cómo era ella de pequeña. Alisa siempre había luchado contra el miedo–. ¿Qué tal si te cuento un cuento?

Ella lo miró, parecía que no quería separarse de él. Dylan disfrutó del momento. Había pasado mucho tiempo desde que ella lo había dejado abrazarla, desde que ella había querido que la abrazara.

–¿Nada de cachorros y coches?

–Ni cachorros ni coches. Había una vez una niña que vivía rodeada de niños huérfanos. Día tras día, los veía jugar al béisbol. Ella también quería jugar, pero los niños no la dejaban.

–¿Por qué no?

–Porque no alcanzaba ni una.

–Oh –dijo ella–, eso es un problema.

–Sí, y ella sabía que era un problema. La niña convenció a uno de los niños para que le enseñara a alcanzar la pelota.

–¿Cómo lo hizo?

Dylan recordaba cómo Alisa le había rogado y suplicado, y al final le había ofrecido hacer un cambio.

–Eso es otro cuento.

Ella sonrió y se relajó entre sus brazos.

–De acuerdo, ¿y qué pasó?

–La niña tenía miedo de la pelota, y el niño le dijo que hasta que no dejara de tener miedo, los otros niños no la dejarían jugar. El niño y la niña practicaban todos los días, y ella comenzó a mejorar. Mejoró tanto que los niños la dejaron jugar en uno de los partidos.

—Bien –dijo ella.

—Ese no es el final.

—Entonces termina el cuento.

—Es ese primer partido, le lanzaron una pelota muy fuerte. Ella no se agachó y no levantó el guante lo bastante deprisa.

Alisa hizo el mismo gesto que Dylan la vio hacer años atrás.

—Oh, no.

—La pelota le dio en el ojo, pero aun así, consiguió agarrar la pelota. Los niños la felicitaron. Ella intentó no llorar, pero le resultaba muy difícil. El ojo se le hinchó enseguida y el niño que le había enseñado a agarrar la pelota se sintió como un idiota. Él pensó que ella nunca volvería a jugar, y en cierto modo, esperaba que no lo hiciera para que no se volviera a hacer daño.

Dylan recordaba lo mal que se sintió cuando Alisa se hizo daño.

—Si el no le hubiera enseñado a agarrar la pelota, ella no se habría hecho daño –dijo él.

—Pero ella no habría experimentado lo que se siente al ganar y no habría aprendido la lección de dar todo por algo que se desea. Ganar crea adicción. Ella volvió a jugar, ¿a que sí?

—Sí. Volvió a jugar. Odiaba tener miedo. Nunca te gustó tener miedo, Alisa. Siempre luchaste contra él.

Ella relajó la expresión de su rostro y dijo:

—Así que hay cosas que siguen igual.

–Sí –dijo él, consciente de que la actitud que tenía hacia él era una de esas cosas. Ella cerró los ojos y él notó el momento en que se quedó dormida. La observó mientras dormía. Nunca había sabido lo valiosa que para él era su confianza hasta que la perdió. En esos momentos, ella confiaba en él. Pero Alisa recordaba más cosas cada día. Su función era ayudarla a que se recuperara. Era ridículo que tuviera que ayudarla a conseguir algo que la volvería en contra suya.

Capítulo Dos

–Quiero ir a mi casa hoy –Alisa le dijo a Dylan nada más salir a la terraza para desayunar.

Él la miró de arriba abajo y su gesto hizo que se sintiera muy femenina. Alisa se preguntaba si él causaba el mismo efecto a todas las mujeres. Su mirada era seductora y calculadora al mismo tiempo. La abertura de su camisa dejaba al descubierto su pecho bronceado y musculoso, y las mangas enrolladas, sus fuertes antebrazos. Los mismos brazos que la abrazaron la noche anterior, cuando ella sentía miedo.

–Ningún problema –dijo él–. Yo puedo llevarte a tu casa. ¿Quieres desayunar primero?

Ella sonrió y miró hacia la mesa.

–Sí, prefiero desayunar primero. ¿Ya vuelvo a mostrarme impaciente, verdad?

Él se encogió de hombros.

–Mejor que muestres tu impaciencia y no tu ropa interior de fiesta.

Alisa pestañeó. Un recuerdo apareció en su memoria.

–La ropa interior de fiesta tiene volantes en la parte de atrás. Yo tenía un par de color rosa.

–Sí. También tenías un par blanco con volantes rojos.

—¿Y cómo lo sabes?

—Porque lo vi —dijo él con un ligero tono de arrogancia.

Alisa se sentó junto a él y tomó un cruasán.

—¿Estaban en la cuerda de tender o la llevaba puesta?

—Sin duda, la llevabas puesta.

La idea de que Dylan la hubiera visto en ropa interior hizo que se estremeciera.

—Estoy segura de que no te la enseñé a propósito. Seguro que fue bajo circunstancias atenuantes.

—Se puede decir que sí —dijo él con mirada burlona.

Ella sirvió zumo de naranja en los vasos.

—Está bien, ¿y cuáles eran esas circunstancias?

—Siempre tenías que hacer lo mismo que los chicos —dijo él, y se sirvió un plato de cereales.

—¿Y qué hacían los chicos esta vez?

—Era invierno y había nevado. No teníamos suficientes trineos así que utilizábamos bandejas de la cafetería. Tu madre estaba tan enfadada que yo creía que me daría gachas durante todo el mes. Tú querías subirte a una bandeja, pero acababas de salir de misa y llevabas el vestido de domingo. Te dijimos que no podías subirte en la bandeja porque eras una niña y llevabas vestido.

—Tengo la sensación de que sé cómo acaba esto —dijo ella—. Intenté demostraros que estabais equivocados, así que me subí a una bandeja y me tiré colina abajo.

Dylan asintió.

—El problema fue que tu sistema de dirección

no funcionaba muy bien. La bandeja se volcó y tu caíste de boca sobre la nieve, dejando a la vista todos los volantes de tu ropa interior.

—No recuerdo nada, pero sigo avergonzada. Me apuesto a que no dejasteis de meteros conmigo desde entonces.

Dylan asintió y se terminó el plato de cereal.

—¿Estás seguro de que no te odiaba en secreto?

—Me adorabas —dijo él mirándola a los ojos y con un tono tan seductor que hizo que se estremeciera.

—No sé por qué —mintió ella.

Él arqueó las cejas.

—¿Por qué no?

—Si eras una décima parte de lo gallito que eres ahora, debías ser insoportable.

—Me seguías como un cachorrillo.

—Yo no recuerdo nada de eso —dijo ella.

—Tenías problemas con tu madre por jugar conmigo bajo la lluvia.

Una imagen difusa se formó en la cabeza de Alisa. Cerró los ojos y vio a un niño y a una niña chapoteando en los charcos.

—Tú ibas con zapatillas de deporte. Yo estropeé mis zapatos negros de piel. Tenías el pelo largo. Me parecías muy alto —dijo ella.

—Solía tenerlo largo. Nos lo cortaban cada tres meses, pero a mí me crecía muchísimo.

—Me prestaste tu chubasquero verde de camuflaje.

—Pero no sirvió para cubrir tus zapatos.

Ella mantuvo los ojos cerrados durante un largo rato. Podía oírla a su madre regañándola, pero como era una niña, ella se reía por dentro. Otra aventura con Dylan. Alisa abrió los ojos.

—¿Siempre me llevabas por la vía de la perdición?

—Solo te enseñaba a pasarlo bien —dijo él, y se apoyó en el respaldo de la silla.

Alisa se fijó en sus muslos y sintió que una ola de calor recorría su cuerpo. Pensó que él también podría enseñarle cuál era la diversión de los mayores. Trató de concentrarse en recuperar la memoria y de no pensar en qué tipo de amante podía ser Dylan. Bebió un trago de zumo de naranja y dijo:

—El desayuno estaba buenísimo. ¿Por qué nunca veo a tu cocinera? Empiezo a pensar que es invisible.

—Le gusta poner la mesa y marcharse.

—Me gustaría darle las gracias algún día, cuando deje de esconderse.

—Te la presentaré.

—Bien —respiró hondo—. Estoy lista para ir a mi casa.

Dylan tensó los labios y sus ojos se oscurecieron.

—Entonces, vamos —dijo, y ella se preguntó por qué sus palabras tenían cierto tono de aprensión.

—No hay fotos en las paredes —dijo Alisa con desaprobación mientras caminaba por su apartamento. Esperaba encontrar ciertos signos de su personalidad—. Confiaba encontrar algo más.

—Esperabas ver carteles con la historia de tu vida —dijo él secamente.

Ella lo miró de reojo. ¿Podía leer su mente?

–Hubiera estado bien.

–No viviste aquí tanto tiempo –le recordó él.

Alisa vio una agenda abierta en la encimera de la cocina y buscó en ella.

–Puede que esto sea lo más parecido a un diario –pasó las páginas–. Era una chica ocupada. Cena con los Hawkins el martes por la noche, cita con Paul –hizo una pausa–. ¿Quién es Paul?

Él se encogió de hombros.

–Ni idea. Trabajo de voluntariado en Granger –le dijo señalando una anotación.

–Viaje de negocios a Francia –dijo ella–. Una semana después del accidente. Es una lástima –pasó las páginas de los meses anteriores y frunció el ceño–. No hay nada acerca de mi madre. Creía que... La vi en Navidad –dijo–. Estaba disgustada conmigo –se puso tensa. No le gustaba la idea de disgustar a su madre, pero estaba decidida a llegar al principio de sus recuerdos–. No le gustó que rompiera con mi prometido.

–Ah, con el senador –dijo él–. No me extraña que tu madre se disgustara.

–¿Por qué?

Dylan recordaba lo horrorizada que se quedó la madre de Alisa cuando la vio besándose con él.

–Siempre pensó que te merecías lo mejor. Estaba impresionada por el prestigio y la influencia y era lo que deseaba para ti.

–Mmm –dijo Alisa, y cerró la agenda–. Yo no lo quería lo suficiente.

Dylan la puso a prueba.

–¿Puedes contármelo otra vez?

–No recuerdo todo acerca del compromiso, pero sí recuerdo que rompí con él porque no lo quería lo suficiente como para casarme –suspiró–. Una lástima –dijo ella–. Tengo la sensación de que era un buen chico –señaló hacia el pasillo–. Quiero ver mi habitación.

Dylan la observó y se preguntó qué ocurriría después. Parecía que Alisa recuperaba la memoria a la velocidad del rayo. Qué recordaría después. Quizá lo recordara a él. Se abrazó a sí mismo y se asomó al dormitorio.

Alisa había abierto los cajones del armario y revolvía su interior. Dylan se fijó en la decoración de la habitación. En el centro había una cama con dosel. La colcha era de seda blanca. Sobre la mesilla había una lámpara de cristal y media docena de libros. No podía dejar de mirar la cama cubierta de almohadas y de preguntarse qué hombre la habría compartido con Alisa y convertido sus fantasías en realidad.

Algo en su interior se revolvía con la idea. Respiró hondo y miró a Alisa. En una mano tenía un osito negro, y en la otra, un camisón de seda rosa. El contraste de la imagen de Alisa como la niña mala y la mujer en ropa interior lo hacía temblar.

–Bueno, diría que me gustan las cosas bonitas –dijo ella–. Esto es casi tan bueno como los carteles –miró a Dylan, guardó el camisón en el cajón y lo cerró–. Creo que ya es suficiente por ahora –dijo, sonrió y se agarró las manos–. Parece que acababa de comenzar con la decoración. ¿Quién lo habría dicho? –dijo, y salió de la habitación.

Dylan miró nuevamente hacia la cama. Le resultaba muy fácil imaginarse a Alisa tumbada junto al osito y con el camisón rosa, o sin nada de ropa.

Dylan la había conocido en la intimidad cuando ambos eran más jóvenes. La imagen que recordaba de ella era la de una mujer inocente y apasionada. Sin duda había crecido.

–¿Nos vamos? –le preguntó ella.

–Por supuesto –dijo él. Miró hacia la cama por última vez y salió de la habitación.

Alisa intentó asimilar toda la información que había obtenido de sí misma, pero era demasiado para hacerlo de golpe así que se concentró en la brisa que acariciaba su rostro mientras Dylan conducía su Jaguar descapotable.

–¿La visita a tu apartamento te ha servido para contestar algunas de tus preguntas? –le preguntó él.

–Sí y no. La mayor parte del tiempo me sentía como si estuviera visitando la casa de otra persona.

–Y tu dormitorio –añadió él.

A pesar de que Alisa no recordaba haber decorado su dormitorio, tenía cierto sentimiento de protección hacia él.

–El dormitorio hace que me surjan dudas, pero eso lo dejaré para otro día. Después de mirar mi agenda, he descubierto por qué a veces soy un poco difícil.

Dylan la miró y esbozó una sonrisa.

–¿En serio? Creía que habías dicho que no eras una persona difícil.

–No lo soy. Quiero decir, estoy segura de que por norma no lo soy. Pero últimamente puede que lo haya sido. El motivo es que me canso de pensar y de hablar sobre mí. Es tan absorbente y deprimente. Necesito pasar más tiempo centrada en alguien más –sonrió–. Hoy, ese serás tú.

–¿Y cómo piensas centrarte en mí?

–Te haré algunas preguntas –dijo ella–. Me has contado la historia acerca de que no supiste quién era tu padre hasta que murió y te dejó una herencia, pero no recuerdo si tienes hermanastros o hermanastras.

–Tengo dos hermanastros y una hermanastra, lo que en realidad es ninguno –dijo con cinismo.

–¿Por qué ninguno?

–Porque nada los haría más felices que el que yo no existiera. Hicieron todo lo posible para separarse de mí.

–Comprendo que sea una situación delicada, pero ni que fueras un asesino. No eres un idiota. Eres inteligente y tienes talento. Seguro que una vez superada la situación inicial te consideraron como a un hermano de verdad.

–Nunca lo han superado –dijo Dylan.

–¿Hace cuánto tiempo que te conocen?

–Seis años.

Alisa lo miró y le preguntó:

–Me has dicho lo que ellos quieren, pero ¿qué es lo que tú quieres?

–¿Qué quieres decir?

–¿Qué quieres de tus hermanastros y tu hermanastra?

–Nada –dijo él con apatía.

–A mí me encantaría tener hermanos y hermanas.

–En mi caso, la familia no es lo más importante. No me gustan mucho los lazos familiares. Está mi madre, pero siempre ha sido una persona muy inestable.

–¿Inestable? –preguntó ella mientras él se metía por el camino de su casa.

–Ha estado casada varias veces. No me tomes a mal. Es una buena mujer, pero sus relaciones amorosas le impidieron tener una vida normal y ser una madre soltera. Yo no puedo darle una vida normal, pero le he comprado una casa para que pueda vivir independiente de si un hombre entra o sale de su vida. Puesto que es mía, está a salvo de los trámites de divorcio.

Alisa cerró los ojos y trató de recordar.

–No recuerdo nada acerca de tu madre.

–Sí, bueno, es fácil olvidarlo. Yo no paso mucho tiempo pensando en ello.

«Ni hablando de ello», pensó Alisa.

–¿Y tu padre?

–Tampoco pienso en él –dijo con frialdad–. Cuando era un niño, hubiera hecho cualquier cosa por saber quién era mi padre. Cuando descubrí quién era, estaba muerto. Puede que fuera rico, pero era un cobarde. Me quedo con el dinero, mis hermanastros pueden quedarse con el nombre y con todo lo que ello conlleva –detuvo el coche frente a la casa y miró a Alisa–. Eso es todo acerca de mi familia –le dijo, y salió del coche para abrirle la puerta–. No tiene final feliz como los cuentos de hadas.

El cinismo de sus palabras la dejó helada. Era casi como si le estuviera haciendo una advertencia. Ella notó desesperanza en sus ojos y algo en su interior se rebeló contra ello. Él emanaba rabia, rabia justificada, y Alisa sentía el deseo de tranquilizarlo, pero sabía que no podía. Lo más probable es que no le hubiera dejado continuar con el tema.

–Tengo una cita en el pueblo –dijo él–. Haznos un favor a los dos y esta tarde estáte tranquila.

Sus órdenes la pillaron por sorpresa. Se puso tensa. No le gustaba que le dieran órdenes, ni siquiera cuando era por su bien.

–Gracias por preocuparte y por llevarme a mi apartamento –dijo ella, y se dirigió hacia la casa.

–Alisa, ¡no te pases! –le advirtió con seriedad.

–No me des órdenes –contestó ella–. Puede que eso funcionara cuando era una niña y te consideraba un héroe, pero ahora no...

Él estaba a su lado y la agarró del brazo antes de que terminara la frase.

–Esto no tiene nada que ver con héroes –le dijo él–. Soy tu responsable.

–Ya no necesito una niñera ni una enfermera.

–Entonces, actúa como si fuera verdad –dijo él, y se volvió hacia el coche.

Alisa lo observó marchar y contuvo las ganas de sacarle la lengua. Lo peor de todo era que él tenía razón.

Entró en la casa y se preparó una limonada mientras conversaba con la señora Abernathy, la cocinera de Dylan. Después salió a explorar los alrededores. La señora Abernathy le había dicho que al otro lado del prado había un establo con caballos.

El paseo la cansó más de lo que esperaba, pero al ver a una yegua con su potro se sintió recompensada.

—Hola, bonitos —les dijo.

—También son muy buenos —dijo una mujer de pelo cano—. Me llamo Meg Winters. Dylan me deja guardar aquí los caballos para las clases de niños discapacitados.

—¿De veras? —dijo Alisa sorprendida—. No me ha dicho nada acerca de esto.

—No me sorprende —dijo Meg—. No es su estilo.

Alisa asintió.

—Rico, indiferente, materialista, que no necesita nada de nadie —dijo, y se detuvo al sentir que sus palabras contenían mucho sentimiento.

—¿Hace cuánto tiempo que lo conoce? —preguntó Meg.

—Unos veinte años —Alisa se presentó—. Soy una amiga. Me estoy recuperando tras una larga estancia en el hospital. Les he traído algunas golosinas —dijo, y sacó unas manzanas de la mochila.

Meg asintió.

—Adelante. ¿Sabes montar?

Alisa se imaginó montada en un caballo.

—Sí —contestó—, pero ha pasado bastante tiempo.

—En ese caso, Sir Galahad será una buena elección. Se porta muy bien y lo hace casi todo él solito. Si quieres llevártelo a dar un paseo, es el adecuado –se dirigió hacia la puerta–. Me voy a casa. Encantada de conocerte.

–Lo mismo digo –dijo Alisa y le ofreció una manzana al caballo. Después se acercó hasta el establo donde estaba Sir Galahad. El animal tomó la manzana de su mano, solo con los labios–. Todo un caballero –dijo ella y lo acarició. Sintió que su frustración se desvanecía y pensó que era un alivio que al caballo no le importara su amnesia. Quizá un paseo a caballo le sentaría bien.

Dylan sintió un escalofrío cuando buscó a Alisa por la casa y no la encontró. Había tormenta y era casi la hora de cenar. Le preguntó a la señora Abernathy si sabía dónde estaba Alisa.

–Lo siento. La última vez que la vi estaba cerca de la piscina –la mujer frunció el ceño–. Parecía interesada en los caballos cuando le hablé de ellos esta tarde.

Se le formó un nudo en la garganta. Miró la lluvia desde la ventana. ¿No se habría ido a montar a caballo después de que él le había dicho que se tomara la tarde con tranquilidad? Dylan pensó que no sabía dónde se estaba metiendo cuando le ofreció su casa a Alisa para que se recuperara.

Maldiciendo en voz baja, agarró la capa de agua y salió de la casa. Corrió hasta los establos y abrió la puerta.

–¡Dylan! –exclamó ella–. ¿Qué estás haciendo ahí fuera con esta lluvia?

Él respiró hondo y contestó:

–Asegurarme de que estás bien.

Ella se encogió de hombros.

–Estoy bien. Estoy seca, tengo la compañía de Sir Galahad y mi botella de agua. ¿Qué más necesito? –lo miró a los ojos–. ¿Estabas preocupado?

–Ya te he dicho que soy responsable de ti –dijo él, y se cruzó de brazos–. No sabía si habías decidido hacer alguna estupidez como montar a caballo bajo una tormenta.

–Montar a caballo bajo una tormenta –repitió ella–. Te confundes. No estoy loca, Dylan. Tengo amnesia.

–Ayer también te excediste, tuviste una pesadilla por la noche y hoy has discutido conmigo acerca de tomarte las cosas con calma.

–Cualquiera que no sea un idiota habría discutido contigo hoy. Estabas muy difícil y ni siquiera tienes la excusa de la amnesia.

Dylan llevaba toda la tarde pensando en ella y una vez más, deseó que sus labios hicieran con él algo más que hablarle.

–Me encanta este caballo. Sir Galahad, todo un caballero –dijo ella, y acarició el cuello del animal–. No como su dueño.

–Está castrado –le informó Dylan–. No como su dueño.

Ella ignoró su advertencia y se acercó a él.

–He de confesar que estoy confundida. Meg me dijo que le dejas dar clase de equitación para niños discapacitados. Así que, dime la verdad Dy-

lan, ¿eres un millonario arrogante y sin corazón?
¿O es que te gusta mantener en secreto el hecho
de que tienes un corazoncito? –le preguntó dán-
dole en el pecho con el dedo–. ¿Y quizá, todo te
importa un comino?

Dylan llevaba un mes esperando a que Alisa se
encontrara mejor. Además tenía que esforzarse
para no preocuparse del hecho de que en cualquier momento ella dejaría de interesarse por él
y pasaría a despreciarlo, de tratar de olvidar los
recuerdos de su dormitorio y su boca sexy y seductora. Esa situación lo había llevado hasta el lí-
mite.

La miró a los ojos y le dijo:
–Sí, quizá todo me importa un comino.

Capítulo Tres

Alisa sentía que su corazón latía con fuerza. «Uau», pensó mientras observaba aquella mirada que prometía comérsela viva. Dylan trataba de mantener el control y a ella le gustaba haberlo puesto en esa situación. Una ola de excitación prohibida recorrió su cuerpo. Se le secó la boca y trató de tragar saliva.

Él agachó la cabeza poco a poco. Saber lo que ocurriría después era una tortura deliciosa. Alisa notó que él se fijaba en sus labios, después Dylan la besó.

Le flaquearon las piernas. Él introdujo la lengua en la boca de Alisa y al respirar, ella inhaló el aroma de la lluvia mezclado con el de la loción de afeitar. Sus pechos se rozaban y Dylan la agarró por la cintura para atraerla hacia sí y que Alisa pudiera sentir su excitación.

Alisa no pudo contener un gemido. Él la besó de nuevo y después retiró la boca.

–Maldita seas, se supone que debías dormir siestas y tumbarte junto a la piscina, y no volverme loco.

Alisa trató de calmar el ritmo de su respiración. Se mordió el labio inferior para contener su excitación y recuperar la compostura.

–El médico te advirtió de que, a veces, podía comportarme de manera difícil –susurró.

Dylan la miró con incredulidad, después agachó la cabeza y maldijo en voz baja.

–No puedo dejar de preguntármelo –dijo ella–. ¿Nos habíamos besado antes?

–Sí, pero...

–¿Pero qué?

–Ha pasado mucho tiempo –dijo él separándose de ella.

Alisa se cruzó de brazos.

–Ah, bueno, supongo que eso echa por tierra mi primera teoría.

–¿Primera teoría?

Ella se encogió de hombros.

–Ha sido un beso bastante intenso. Combustión espontanea –dijo ella–. Pensé que era el resultado de una gran curiosidad y tensión acumulada durante años. Digamos, veinte. Pero, si ya nos habíamos besado antes... –frunció el ceño–. Si nos habíamos besado antes, ¿por qué dejamos de hacerlo?

–¿Dejar de hacer qué?

–Besarnos.

Él le acarició el cabello.

–Porque tú tenías quince años, tu madre se casó y os mudasteis a otro sitio.

–No lo recuerdo –dijo ella, pero deseaba poder hacerlo.

Dylan la miró a los ojos y ella sintió cierta nostalgia en su mirada.

–Está bien. Hay cosas que es mejor olvidar –le dijo–. Entretanto, si te aburres mientras te recuperas, léete un libro o mira la televisión en lugar de volverme loco –ladeó la cabeza como para escuchar con atención–. Parece que ya ha pasado la tormenta. Quizá podamos volver a casa.

Alisa lo observó abrir la puerta. Seguía pensando en el beso que habían compartido y en el hecho de que habían sido novios en la adolescencia.

–Parece que ya ha pasado todo –dijo él, e hizo un gesto con la mano–. Vamos.

Alisa salió de los establos y caminó junto a Dylan en silencio. Cuando ya estaban cerca de la casa, lo miró con curiosidad.

–¿Quieres decir que no te gustó? –le preguntó.

Él la miró confuso.

–¿Que no me gustó el qué?

–Besarme –dijo ella, y se detuvo–. ¿Quieres decir que no te gustó besarme?

Él se paró y la miró con impaciencia.

–No, pero te estás recuperando de un accidente grave, y aunque no te des cuenta, eres muy vulnerable. No voy a aprovecharme de ti.

–Todo es tan confuso. De pronto eres el millonario materialista, después permites que los niños discapacitados reciban clases de equitación en tu propiedad. De pronto, me besas como... –incapaz de encontrar la palabra adecuada, se calló.

–¿Como qué?

–Como si quisieras hacer mucho más que besarme. Después, me das calabazas escudándote en no sé qué motivo de honor. ¿Quién es el verdadero Dylan Barrows?

–Todos los anteriores –dijo él, y continuó hacia la casa.

Alisa lo miró con frustración. Maldita amnesia. Había tantas cosas que quería saber sobre sí misma y sobre Dylan. Cuanto más tiempo pasaba con él, más dudas tenía. No podía evitar sentirse como una persona incompleta. Deseaba que el sentimiento de pérdida se evaporara. Sobre todo, quería recordar todo acerca de sí misma, acerca de Dylan.

Dylan se marchó de casa nada más cenar. Podía estar tranquilo porque Alisa no se metería en más problemas aquel día. Estuvo a punto de quedarse dormida en la mesa. Cuando entró en el O'Malleys's Bar para reunirse con Michael y con Justin, trató de olvidar sus preocupaciones.

–¿Qué tal va la vida en la tierra del sarampión? –le preguntó a Justin.

Justin hizo una mueca.

–Los gemelos están mejor, pero Emily lo ha agarrado hoy. Les pica todo y con este calor solo se ponen peor. Pero Amy es estupenda. Los deja bañarse en la piscina de plástico que hay en la parte de atrás del jardín. Quiero convencerla para irnos un fin de semana cuando pase todo esto.

–Podéis ir a mi casa de Belize –dijo Dylan.

–¿Te has comprado una? –dijo Justin–. Creí que elegirías un sitio de moda.

Dylan pensó que ya no le gustaban los sitios

40

con mucha vida nocturna. Lo que le apetecía era un sitio tranquilo.

–Me estoy convirtiendo en un soltero malhumorado. Me gusta la brisa del mar, la cerveza Beliken y las puestas de sol.

–Suena bien –dijo Justin–. Pon a Amy en esa escena y me parecerá perfecta.

–Hablando de mujeres –dijo Michael, y miró a Dylan con curiosidad–. ¿Cómo está Alisa?

–Todavía no recuerda muchas cosas y se siente muy frustrada. Hoy hemos ido a su casa y parece que eso la ha ayudado un poco –hizo una pausa y se apoyó en la barra del bar–. Es más difícil de lo que esperaba.

–¿Alisa? Si es la chica más dulce de Virginia –dijo Michael–. Después de Kate, claro –añadió refiriéndose a su esposa.

Dylan pensó en cómo lo había provocado aquella tarde.

–Ya no es la chica de la galletas.

–¿Qué quieres decir? ¿Ya no sabe hacer galletas de chocolate? –le preguntó Justin.

–No sé si recuerda cómo se hacen las galletas o no. Solo digo que es más difícil de lo que yo esperaba.

–¿Eso es bueno o malo? –preguntó Justin.

Dylan pensó en cómo había respondido ante su beso apasionado y en cómo había deseado poseerla allí mismo, en los establos.

–Las dos cosas.

Michael y Justin se miraron confundidos.

–No sé si se te está insinuando o escupiéndote a la cara.

–Las dos –dijo Dylan y bebió un trago de cerveza–. No puedo hacerle caso porque sería aprovecharme de ella y aún se está recuperando.

–Además, te odiará cuando recupere la memoria –le recordó Justin–. No te envidio.

–Sí, bueno, no es mi función seducirla ni dejar que me seduzca. Mi función es proporcionarle un sitio para que se recupere y eso es lo que estoy haciendo –dijo Dylan. «Aunque me destroce»–. Pero ya basta. Quería deciros que voy a negociar con Grant Remington acerca del proyecto de bioingeniería.

–Grant Remington –dijo Michael–. Tu hermanastro.

Dylan soltó una carcajada.

–Te pegaría un puñetazo si te oyera.

Michael arqueó una ceja.

–Yo diría que tiene mucha suerte.

–¿Por qué? –preguntó Dylan–. ¿Por ver su herencia recortada para que el desliz de su padre pueda vivir bien?

–Por tenerte como hermano. Tiene dinero de sobra.

–A mí todo me da igual siempre y cuando consiga lo que quiero.

Los tres hombres se quedaron en silencio. Michael se aclaró la garganta.

–Kate me ha dicho que os invite a una barbacoa que hacemos en casa el próximo viernes.

–Me viene bien –dijo Justin–. Para entonces ya no tendremos sarampión en casa.

–Bien –dijo Michael, y miró a Dylan–. Alisa también está invitada.

Dylan experimentó una mezcla de sentimientos. A pesar de que Alisa era difícil, le gustaba estar con ella. Le daba una falsa sensación de seguridad. Alisa descubriría la verdad algún día. Nada duraba eternamente.

–La llevaré si sigue hablándome –dijo él, y levantó la jarra de cerveza para brindar.

Alisa centró su atención en intentar recuperar toda la memoria posible. Hizo todo lo posible para no pensar en Dylan, al menos mientras estaba despierta. Empezó a soñar con él mientras dormía. Sueños sensuales en los que él la besaba y la llevaba hasta el borde del placer, pero siempre se despertaba justo antes de que él la poseyera y muy excitada. No sabía qué era peor, las pesadillas o los sueños eróticos.

Por las mañanas, Dylan la llevaba a su apartamento de camino al trabajo, después la recogía a la hora de comer. Los últimos días, ella había comido tarde para no pasar demasiado tiempo con él. Dylan era como una estufa caliente, su calor la atraía, pero ella sabía que podía quemarla. Tenía la sensación de que una mujer podía quedarse fascinada con Dylan y olvidarse de que tenía muchas puertas cerradas. Aunque se sentía seducida por él, tanto física como psicológicamente, no quería caer en una trampa.

Después de un fin de semana interminable que pasó mirando álbumes de fotos y escuchando la música que encontró en su apartamento, y de juntar fragmentos de su historia, regresó y se cruzó con Dylan mientras revisaba el correo.

–¿Qué tal va todo? –le preguntó él.

–Bien –dijo ella–. Ya solo duermo treinta minutos de siesta.

–¿No tienes pesadillas?

Ella negó con la cabeza. Deseaba poder deshacerse también de los demás sueños que no le permitían dormir. Vio que en el suelo había una invitación y se agachó para recogerla.

–Se te ha caído –le dijo a Dylan–. Un cóctel para la junta directiva de Remington Pharmaceuticals. ¿Vas a ir?

–Probablemente no –dijo él, y el dedicó una sonrisa–. Es el jueves por la noche. Creo que hay partido de los Braves.

–Siempre hay partido de los Braves. ¿Irá alguno de tus hermanastros?

–Es probable. ¿Por qué? –preguntó él.

–Por curiosidad –dijo ella–. ¿Alguna vez has visto a tu mediofamilia en un acto social?

–No, a menos que consideres como tal la lectura del testamento –dijo él soltando una carcajada.

Alisa no pudo evitar reírse también.

–¿No tienes curiosidad por saber cómo actúan en una situación menos formal?

–No.

–Yo sí.

–Entonces, quizá debías ir tú.

–Vale –dijo ella–. ¿A qué hora nos tenemos que ir?

–¿Cómo que «nos», Tonto?

Un recuerdo atravesó su memoria. Alisa miró a Dylan.

–Eso me lo has dicho antes.

–Sí. Cientos de veces.

–Es de la serie de televisión *The Lone Ranger* –dijo ella–. Así es como conseguí que me enseñaras a agarrar la pelota.

–Me llevabas a tu casa para ver la serie mientras tu madre servía la cena en la cafetería. El hogar Granger tenía una televisión en la sala comunitaria que siempre estaba rota.

–Pero mi madre tenía un buen televisor. Era pequeño pero siempre funcionaba. Yo tenía tanto miedo de que mi madre nos pillara. Y cuando lo hizo...

–Tuve que pelar montones de patatas y sacar la basura de la cafetería durante un mes –dijo él–. Hubiera sido peor si nos hubiese pillado el director.

–Le supliqué a mi madre que no se lo contara –dijo Alisa–. Tú no dejaste de enseñarme a alcanzar la pelota –recordó ella–. ¿Por qué? Ya no podía sobornarte.

–No lo sé –dijo él–.Tú siempre fuiste cabezota pero encantadora. Dura contigo misma, pero buena con los demás. Eras una amiga leal.

Justo cuando estaba a punto de pasar de Dylan, él le daba una visión de sí misma que llenaba el vacío que sentía y le daba esperanzas para recuperar el pasado. Día tras día luchaba con el problema de cómo una persona sin pasado podía crear un futuro.

Alisa se dio cuenta de que habían cambiado de tema y lo retomó con una sonrisa:

–¿A qué hora tengo que estar lista para el cóctel? –preguntó.

–A las nunca en punto –dijo él, y continuó revisando el correo.

–Mmm, ¿tienes miedo de tus hermanastros?

Él la miró con fuego en los ojos.

–Para tener miedo de algo hay que considerarlo importante –le dijo con voz calmada.

–¿Así que no quieres nada de ellos? –preguntó incapaz de comprenderlo. Ella hubiera dado cualquier cosa por tener un hermano o hermana–. ¿Nada de nada?

–Nada –dijo él con decisión. Después frunció el ceño–. Excepto...

–¿Excepto qué?

–Cosas de negocios –dijo Dylan.

Alisa suspiró de frustración al ver que Dylan se encerraba tras una barrera. Otro recuerdo de la infancia apareció en su memoria. Él siempre la retaba a dar un paso adelante.

–Solo hay una cosa que puedo decir. Te desafío a ir a ese cóctel –le dijo con las mismas palabras que utilizaban de pequeños.

Dylan la miró e ignoró su reto. De niños, siempre había sido él quien la retaba. ¿Sería que él accidente la había vuelto más atrevida? ¿O quizá se había vuelto más atrevida a partir de que se separaran en la universidad? Conocía a Alisa desde hacía mucho tiempo y, sin embargo, había perdido mucho tiempo de estar con ella.

Ella ya no lo miraba como si fuera un héroe, sino con la curiosidad y la fascinación de una mujer y eso lo hacía sentirse incómodo. Dylan estaba acostumbrado a las mujeres que trataban de satisfacerlo y complacerlo. Alisa parecía más interesada en conocerlo y retarlo. A pesar de que en esos momentos era muy vulnerable, se había convertido en una mujer fuerte.

Pensó en el desafío que le había propuesto y maldijo en voz baja. La idea de pasar más de treinta segundos con sus hermanastros le revolvía el estómago. Sin embargo, la rubia que había invadido su casa y sus pensamientos tenía razón. Él quería algo de los Remington, y si acudir a un cóctel le serviría para conseguir lo que quería, iría.

«Me ha dicho a las seis y media», pensó Alisa mientras revisaba el armario de su apartamento. No podía dejar de pensar en Dylan. Era alguien importante para ella. No sabía exactamente por qué, pero tenía mucha intuición. Tampoco sabía por qué le parecía tan importante que él recuperara el trato con sus hermanastros. No era asunto suyo, pero tenía la sensación de que no podía dejarlo pasar. Alisa había aprendido que al no tener memoria tenía que confiar en su instinto.

Además creía haber descubierto parte del motivo por el que él la ponía nerviosa. Cuando él la miraba, sentía que lo hacía como si siguiera siendo la niña pequeña de hacía mucho tiempo. No le gustaba la idea. Podía ser que no tuviera memoria, pero creía que había sido una persona fuerte, y si no, iba a empezar a serlo.

Encontró tres vestidos negros de fiesta y los colocó sobre la cama para elegir uno. Ninguno de ellos le gustaba demasiado. Volvió al armario y encontró un vestido envuelto en plástico y con la etiqueta todavía puesta. Levantó el plástico y lo miró. Sospechaba que lo había comprado de manera impulsiva y que no sabía si quería devolverlo o no.

Era un vestido blanco y estrecho que le llegaba por encima de la rodilla. Lo único que hacía que no fuera un vestido normal eran los dos cortes horizontales que había a la altura del pecho y que dejaban al descubierto una parte del escote. Para llevar ese vestido, se necesitaban agallas. No era un vestido de niña pequeña.

Miró los otros vestidos una vez más y se preguntó si no saber qué vestido ponerse tendría algo que ver con Dylan.

Lo prudente sería que llevara uno de los vestidos negros.

Lo prudente sería dejar que Dylan siguiera mirándola como a una niña.

Alisa eligió el vestido blanco y decidió «tirar» la prudencia por la ventana.

Capítulo Cuatro

«Ha sido una mala idea», pensó Dylan mientras esperaba a Alisa en el recibidor. Tenía la sensación de que Alisa creía que la historia con sus hermanastros podía terminar como los cuentos de hadas y que se iba a llevar una gran desilusión. No hubiera aceptado ir al cóctel si el atrevimiento sexy de Alisa no le hubiera llegado al alma.

No importaba. No se quedarían mucho tiempo. Oyó sus pasos por las escaleras.

–Solo vamos a estar allí quince minutos como máximo –le advirtió mientras se volvía para mirarla–. La mayoría de los miembros de la junta directiva prefieren un ambiente tranquilo, así que no esperes...

Dejó de hablar nada más verla. No sabía lo que él esperaba, pero desde luego no era aquello. Alisa se había recogido el cabello en un moño y llevaba muy poco maquillaje, lo justo para que él no pudiera dejar de mirar sus ojos y sus labios. Los pendientes eran de perlas y lo que el vestido no mostraba iba a quitarle el sueño durante todo el mes.

El pedazo de piel dorada que el vestido dejaba al descubierto podía haber causado grandes disturbios. Ninguna mujer le había quitado el habla, pero aquella estaba a punto de hacerlo.

–¿Que no me espere qué? –dijo ella mirándolo a los ojos.

–No esperes grandes emociones –dijo él ajustándose el nudo de la corbata.

Alisa hizo una larga pausa y al final dijo:

–Hay más de un tipo de emociones.

Su mirada contenía una mezcla de atrevimiento y diversión que afectó a Dylan como una caricia íntima. Caminó detrás de ella mientras se dirigía hacia la puerta principal y no dejó de pensar en diferentes posibilidades sexuales. Aquella iba a ser una noche mucho más larga de la que esperaba.

Cuando llegaron al pueblo, Alisa y Dylan entraron en el St. Albans Fine Arts Museum y tomaron el ascensor hasta el tercer piso donde se celebraba el cóctel. Dylan no podía dejar de mirar a Alisa. Ella no parecía percatarse de que durante los últimos veinte minutos él solo pensaba en desnudarla.

Entraron en otra habitación y Kirsten Remington los saludó. Dylan observó que su hermanastra se quedaba boquiabierta.

–Dylan Barrow –le dijo ella–. No te esperábamos.

–Sorpresa –dijo él secamente–. Kirsten Remington, esta es Alisa Jennings.

Alisa le tendió la mano.

–Encantada de conocerte –le dijo –. Tendrás

que disculpar mi ignorancia, pero no sé nada de la industria farmacéutica. ¿Has dicho Remington? ¿Tienes alguna relación con Archibald Remington?

—Archibald Remington era mi padre —dijo Kirsten con altivez.

Alisa asintió.

—Ah —dijo con una sonrisa—, así que tú eres la hermanastra de Dylan.

Kirsten palideció y parecía que le costaba respirar.

—Perdona. Mi prometido me está esperando.

—Primer torpedo —dijo Dylan.

—¿Por qué dices eso? —preguntó Alisa—. Ha sido agradable.

—Ajá —dijo él en tono de burla—. Me preguntaba si tendría que darle sales olorosas.

—No ha estado tan mal —insistió ella.

—Alisa —dijo él—, no les gusta que les recuerden que están emparentados conmigo.

—Mal asunto. Preséntame a tus compañeros de trabajo —dijo con una sonrisa—. Haz que me lo pase bien.

Dylan le presentó a los miembros de la junta directiva. A pesar de que todos se sorprendían al verlo, Alisa se las arregló para que el ambiente fuera distendido. Al final, se acercaron a Grant quien estaba al otro lado de la habitación hablando con otro hombre.

En cuanto terminaron de hablar, Dylan se puso enfrente de Grant y le preguntó:

—¿Cómo estás, Grant?

—Bien, ¿y tú? —lo miró con sorpresa—. Nos ha

sorprendido que vinieras, puesto que nunca habías asistido antes.

–Cambiar es bueno –dijo Dylan.

–Algunos cambios –dijo Grant.

–Grant Remington, me gustaría presentarte a Alisa Jennings.

Grant asintió y murmuró una cortesía.

–Otro Remington –dijo Alisa con una sonrisa–. ¿Un hermanastro?

Grant se quedó quieto y tomó aire.

–No había pensado en ello.

–¿De verdad? –dijo ella–. Creo que todos tenéis mucha suerte.

–¿Quién somos todos? –dijo Grant.

–Bueno, tú y Dylan y tu hermana y tu otro hermano. ¿Cómo se llama?

–Walter –dijo él, y miró a Alisa confundido–. ¿Suerte? –repitió.

–Sí –dijo ella–. Piénsalo. Podíais haber terminado con un asesino o un idiota como hermano. Sin embargo, tenéis un hombre muy inteligente que es muy valioso para la empresa.

Dylan le apretó la mano para que se callara.

Grant apretó los dientes.

–¿Es verdad eso?

–Así es –dijo ella–, pero Dylan me ha dicho que eres un hombre inteligente, así que estoy segura de que ya lo sabías. En cuanto a Dylan, él tiene suerte porque podían haberle tocado dos hermanos y una hermana tan inseguros que no pudieran ver nada bueno en él. Sin embargo, le has tocado tú –dijo ella.

Dylan quería matarla.

Grant puso una falsa sonrisa.

–Eres muy amable por decirme todo esto. Ahora, si me disculpas.

–Segundo torpedo. Es hora de irse –dijo Dylan, y la guió fuera de la habitación. Él no se fiaba de lo que podría decirle si hablaba, y Alisa debió de notarlo porque de vuelta a casa no dijo ni palabra.

En cuanto entraron en la casa, él dijo:

–¿Por qué demonios has hecho eso?

–No lo sé. Quizá tenga que hablarle de esto al psiquiatra del hospital.

–¿Qué? –preguntó Dylan.

–No lo sé. Quizá tenga que ver con nuestra niñez. Tengo esa terrible necesidad de protegerte.

Dylan la miró fijamente.

–¿Tengo aspecto de necesitar protección?

–No –admitió ella–. Pero a medida que pasaba el tiempo allí, más me disgustaba la situación. Debía ser diferente.

–Hay muchas cosas que debían ser diferentes –dijo él con tono impaciente–. Pero eso no significa que lo sean.

–Quizá las cosas no son diferentes porque nadie hace nada para cambiarlas.

–Esto no es asunto tuyo.

–Lo sé –admitió ella–. Pero no marcha bien y alguien tenía que decir algo.

–Y tenías que ser tú.

Ella lo miró durante largo rato y después dijo:

–No sé por qué lo hice. No fue algo racional. Quizá tenga que ver con algún karma extraño.

–¿Un karma extraño? –repitió él.

–Siento que estoy en deuda contigo.

Su respuesta lo descolocó.

–¿Porque estoy dejando que te recuperes en mi casa?

Ella frunció el ceño.

–Viene de antes de esto. Tengo la sensación de que tú hiciste algo muy importante o especial para mí, y estoy en deuda contigo.

Dylan recordó inmediatamente el daño que le había hecho cuando iban a la universidad y sintió un nudo en el estómago.

–No me debes nada –le aseguró–. Nunca me has debido nada –dijo él, y se marchó. Tenía que huir de su mirada. Tenía que escapar del disgusto que tenía consigo mismo.

Alisa se sentía estúpida. Se puso un camisón y se metió en la cama. Después de estar dando vueltas durante un hora, se levantó de nuevo. Debía estar cansada. Había tenido una tarde muy dura.

A pesar de que lo había defendido, Dylan tenía motivos para estar enfadado con ella. No era asunto suyo si él y sus hermanastros perdían toda su vida evitándose mutuamente. Dylan era capaz de defenderse solo. Ella tenía la sensación de que él la había protegido más de una vez durante su niñez.

Disgustada, abrió la puerta del balcón y salió a la oscuridad. Cerró los ojos y alzó el rostro para permitir que los rayos de la luna la acariciaran. Se preguntaba cuándo podría dormir toda la noche de un tirón. Si no soñaba con Dylan, buscaba en su cerebro más información acerca de su pasado.

¿Por qué le importaba tanto si él establecía tantas barreras frente a ella? Se preguntaba si cuando era pequeña lo habría considerado casi como a un hermano. Pero después recordó que se habían enamorado durante la adolescencia. Se preguntaba si habrían sido amantes. Le ardía la piel solo de pensar en ello. Quizá eso explicara la conexión que sentía con él.

Soplaba una brisa deliciosa. Alisa la saboreó y una idea cruzó por su cabeza. Sintió de nuevo la brisa y deseó poder sentir el aire por su cuerpo desnudo.

Sospechaba que siempre había sido una chica recatada. Sin duda no era el tipo de mujer que se quita la ropa en un balcón solo para sentir la brisa, pero quizá siempre lo había deseado en secreto. Se preguntaba si bajo su blanca piel latía un corazón apasionado y aventurero.

De pie en la oscuridad de su dormitorio, Dylan la vio mirar a ambos lados y al verla desatar los tirantes del camisón y permitir que se deslizara hasta el suelo, no pudo evitar contener la respiración. Ella no sabía que él la estaba observando. Se sentía como un mirón, pero aunque lo hubiera intentado, no habría podido mirar hacia otro lado.

La luz de la luna resaltaba sus curvas. Ella se recogió el cabello de la nuca, y al hacerlo arqueó la espalda y sacó los pechos. El muro del balcón ocultaba la parte inferior de su cuerpo, pero Dylan lo recordaba. También recordaba una noche en la que ambos ardían de deseo.

Habían bailado juntos en una fiesta de la universidad. Había mucha cerveza disponible, pero él y Alisa se habían emborrachado con la presencia del otro. Después de reencontrarse pasaron juntos todo el tiempo posible. Aquella noche, eligieron una esquina oscura del salón y mientras bailaban se acariciaron con sus cuerpos.

Él no podía dejar de besarla, y ella no quería que la dejara. Él la llevó fuera de la fiesta a una zona apartada del campus donde continuaron besándose sobre una manta bajo las estrellas.

Dylan podía recordar el sonido de sus respiraciones. Le había acariciado los senos y sus gemidos lo habían vuelto loco. Le había desabrochado la blusa y besado los pezones inhalando el aroma de sus dulces pechos. Cuando sintió que ella se estremecía, respiró hondo.

—No puedo acercarme más —dijo él—. Debes estar helándote.

—No tengo nada de frío —dijo ella, y le acarició la mejilla—.Yo tampoco puedo acercarme a ti todo lo que quiero.

Él se quitó la camisa y presionó su pecho contra los senos de Alisa. La sensación era indescriptible. Él sabía que era inexperta, pero era como si siempre la hubiera deseado. Estando con Alisa se sentía seguro. Poseerla lo haría sentirse completo. La besó una vez más, metió la mano bajo su falda y bajo su ropa interior para sentir su húmeda excitación. Acarició los pétalos de su feminidad y la preparó deslizando un dedo en su interior.

Ella no dejaba de acariciarle el pecho y los hombros. Dylan le llevó la mano hasta el centro de su deseo. Se desabrochó los vaqueros y ella lo recibió con tanta delicadeza que él pensaba que iba a estallar.

Le bajó la falda y dejó al descubierto su piel pálida bajo la luz de la luna.

Ella lo miró. Sus ojos expresaban mucha pasión y cierta aprensión que él notó que trataba de ocultar.

–Yo nunca...

Él le cubrió los labios con el dedo.

–Lo sé –le dijo–. Yo te protegeré –le prometió.

Se introdujo en su interior y acalló sus gemidos con un beso. Era como si estuviera recubierto por terciopelo húmedo. La miró a los ojos y supo que se pertenecían.

El cuerpo de Dylan temblaba con el recuerdo de la noche en que hizo el amor con Alisa. La observó acariciarse los brazos desnudos y la parte superior de sus pechos. Se le secó la boca. Sintió que el corazón se le tensaba al recordar cómo aquella noche ella había salido en su defensa. Había perdido mucho cuando perdió a Alisa varios años atrás, mucho más de lo que nunca se habría imaginado. Incluso aunque la hubiera recuperado durante un tiempo, ella volvería a abandonarlo en cuanto recuperara la memoria. Dylan había aprendido que nada dura eternamente.

La mañana siguiente, de camino a la oficina, Dylan dejó a Alisa en su apartamento. Después de estar una hora merodeando por la casa comenzó a sentirse inquieta. En la agenda había una nota acerca de visitar el hogar Granger una vez a la semana. El médico todavía no la dejaba conducir, así que llamó a un taxi y se dirigió a Granger.

Recordaba todo el entorno de Granger, dónde estaba la cafetería y el lugar en el que había pasado muchos años de su infancia. Vio a un grupo de niños jugando al béisbol y se recordó pidiendo turno para batear. En muchos de los recuerdos de la infancia aparecía Dylan.

Incluso recordó por qué iba a Granger una vez a la semana antes de que la secretaria se lo recordara.

–Lo siento, llego tarde, señora Henderson –dijo Alisa, alegre por haber recordado el nombre de la señora.

Gladys Henderson levantó la vista del escritorio y dio un grito de alegría. Se levantó rápidamente y abrazó a Alisa.

–¡Qué ven mis ojos! Estábamos preocupados por ti. Te fui a visitar al hospital la primera semana, pero no me dejaron pasar –levantó los brazos de Alisa hacia los lados para verla mejor–. Estás muy guapa. ¿Qué tal tu cabeza, cariño?

–Tengo algunas lagunas, pero recuerdo cómo se lee y que Robbie y yo estábamos leyendo *The Lion, the Witch and the Wardrobe* de C.S. Lewis.

La señora Henderson sonrió.

–Entonces estás bastante bien. Él te ha echado muchísimo de menos. Vamos a ver si lo encuentro –dijo ella, y llamó por teléfono al encargado de los dormitorios para decirle que enviara a

Robbie a la oficina. Alisa se quedó hablando con la señora Henderson mientras esperaban.

Robbie, un niño de diez años, entró en la oficina con cara de desconcierto. En cuanto vio a Alisa, sonrió enseñando el diente que le faltaba.

–¡Robbie! –dijo ella. Corrió hacia él y le dio un abrazo–. Se te ha caído un diente.

–Por fin –dijo él–. Dos años más tarde que al resto. ¿Cómo tienes la cabeza? Me dijeron que te hiciste mucho daño.

–Sí, pero estoy mucho mejor. ¿Has leído mucho?

–Un capítulo entero, pero era muy difícil.

Alisa sonrió.

–¿Te gustaría que comenzáramos a leer juntos otra vez?

–Oh, sí. Es mucho más divertido leer contigo.

–La semana próxima. El miércoles a las tres –dijo ella.

Él sonrió y asintió.

–De acuerdo. Me alegro de que estés bien.

–Yo también –dijo ella. De pronto, se sintió mejor. El mundo ya tenía un poco más de sentido.

Dylan contó hasta diez, después hasta veinte y después hasta cien, al ver que Alisa no estaba en el apartamento a la hora en que habían quedado. «No tengo motivos para llamar a la policía», pensó, mientras una gota de sudor rodaba por su espalda.

Creía que nunca olvidaría la llamada que le

hicieron desde el hospital. No estaban seguros de que Alisa sobreviviera y a pesar de que Alisa no soportaba verlo, él no se podía imaginar el mundo sin ella. Nunca rezaba, pero pasó los siguientes días hablando con el Señor.

Miró el reloj otra vez y trató de pensar dónde podía haber ido. Vio que un taxi doblaba la esquina y se metía en el aparcamiento. Al ver que Alisa se bajaba de aquel coche, suspiró aliviado. Apretó las manos contra el volante varias veces para liberar tensión y después salió del coche.

—Estás aquí –dijo Alisa, y caminó hacia él. Su rostro resplandecía de alegría y Dylan no fue capaz de decirle que se había retrasado–.Ya recuerdo –dijo ella, y le dio un abrazo.

Confuso, Dylan sintió una mezcla de alegría y aprensión. La abrazó con fuerza. ¿No era posible que recordara todo, verdad?

—Me he acordado de la señora Henderson y de Robbie, un niño al que ayudaba con la lectura en Granger. Y recuerdo todo el entorno de Granger –lo miró con lágrimas en los ojos–. Me he acordado del nombre de la señora Henderson antes de que ella me lo dijera, e incluso he recordado el nombre del libro que estaba leyendo con Robbie.

Su alegría era contagiosa. Él la había visto luchar desde el principio.

—¿Qué quieres hacer ahora?

—Quiero hacer galletas de chocolate –dijo ella–. Siguiendo la receta de mi madre –añadió con decisión–. Quiero ver si puedo hacerlas de memoria.

Dylan sintió que se le tensaba el corazón.

–¿Qué recuerdas de las galletas de tu madre?

–Solía robarle unas cuantas y dárselas a algunos de los niños.

–Eras la chica de las galletas, y todo el mundo quería tus galletas.

Ella hizo una pausa, después lo miró y le preguntó:

–¿Tú siempre querías mis galletas?

Capítulo Cinco

–Todavía les falta algo –dijo Alisa frunciendo el ceño después de la tercera hornada.

–A mí me parece que están buenísimas –dijo él después de comerse demasiadas galletas–. A este paso no nos va a quedar sitio para la barbacoa de casa de Michael.

Ella lo miró y dijo:

–Se me había olvidado. Puesto que Michael y Justin también iban a Granger quizá puedan decirme lo que les pasa a las galletas.

–No les pasa nada a estas galletas –dijo Dylan.

–Sigo pensando que les falta algo –miró el reloj–. ¿A qué hora tenemos que irnos?

–Dentro de quince minutos –dijo él. No le hacía mucha ilusión ir a la barbacoa aquella noche. ¿Qué podría recordar Alisa?–. No tenemos que ir si estás demasiado cansada o llena –le ofreció él.

–Ah, no. Quiero ver qué más puedo recordar. Puede ser divertido.

«Sí», pensó él. «O no».

Media hora más tarde Dylan se metió por la calle de la casa de Michael. Alisa lo miró y le preguntó:

–No te han sentado mal mis galletas, ¿verdad? Estás muy callado.

–No. Tengo muchas cosas en la cabeza.

Alisa sentía que Dylan estaba muy distante y deseó que las cosas fueran de otra manera. Deseaba muchas cosas que herían su corazón. Anhelaba ser la persona en la que Dylan confiara, pero sabía que no era así.

Él detuvo el coche y ella le agarró la mano.

–Espero que todo esto funcione –dijo Alisa.

Él la miró a los ojos y vio una mezcla de sentimientos.

–Una parte funcionará –dijo él–. Y otra no.

Alisa sintió un nudo en el estómago. Sentía que él estaba seguro de que algo importante para él no saldría bien.

Dylan levantó la vista.

–Ahí vienen. Quieres que te diga cómo se llaman o...

–¡No! Déjame adivinar. Cada vez tengo mejor la memoria. Déjame ver qué puedo recordar –salió del coche y la recibieron dos niños gemelos y una niña un poco mayor, seguidos por dos parejas. Su memoria fallaba como una rueda vieja–. Yo he hecho de canguro para vosotros –les dijo.

–Y nos dejabas comer galletas –dijo uno de los gemelos.

–Para cenar –dijo el otro.

La niña pequeña se tapó la boca y dijo:

–¡No tenías que contarlo!

–Empieza con J –murmuró Alisa.

–Jeremy –dijo uno de los gemelos–. Yo soy Jeremy y mi nombre empieza por J. Me lo dijo tía Amy.

Alisa se rio e intentó concentrarse.

–Emily.

Los ojos de Emily se iluminaron y la pequeña asintió con una gran sonrisa. Después pronunció la letra N.

–Nick –dijo Alisa con alegría.

El pequeño asintió y se acercó a ella. Le señaló la cabeza.

–Te golpeaste la cabeza. ¿Ya estás mejor?

–Mucho mejor.

–¿Todavía sabes hacer galletas?

Alisa oyó que Dylan se reía y sonrió.

–He traído algunas y necesito que alguien me diga si las he hecho bien.

Los gemelos comenzaron a saltar.

–¡Yo! ¡Yo! ¡Yo!

–Después de cenar –dijo una mujer pelirroja, y se volvió hacia Alisa–. Basta de adivinanzas. Guarda tus energías para algo más importante. Soy Amy, la mujer de Justin.

En seguida Alisa sintió que aquella mujer le caía bien.

–Gracias –le dijo, y miró a Justin–. ¿Qué tal va la Bolsa?

Él se quedó sorprendido.

–Eh, te vi en el hospital y no recordabas nada. Ahora lo recuerdas todo.

–Mejoro día a día –dijo ella. Miró a los anfitriones–. Michael y Kate, os agradezco mucho la invitación.

Michael y Kate la abrazaron.

–Nos alegramos mucho de que estés bien –dijo Kate.

Desbordada por la emoción, Alisa trató de contener las lágrimas. Azorada, buscó a Dylan con la mirada.

Él la agarró por la cintura.

—Necesito ayuda con esas galletas –dijo él, quitándole tensión a Alisa–. ¿Cuándo podemos comernos las hamburguesas?

Los niños pidieron las galletas a gritos, y el grupo se dispersó.

—Gracias –susurró Alisa.

—No hay ningún problema. Recuerda que te estás recuperando.

—¿Una forma bonita de decir que soy difícil? –preguntó ella.

—No he dicho esa palabra –dijo él.

—Sabes que todo lo que me ha pasado desde el accidente ha sido como un viaje en una montaña rusa. No comprendo por qué me has aguantado.

Él la miró a los ojos.

—Tengo mis motivos.

Le hubiera encantado saber cuáles eran esos motivos, pero sabía que no los averiguaría aquella noche. Alisa disfrutó de la velada con los mayores y los niños. Kate y Amy la hacían sentirse muy bien y enseguida la pusieron al día de los acontecimientos recientes.

—La adopción se hizo oficial hace algunas semanas –dijo Amy–. Justin ha sido algo maravilloso para todos nosotros.

—Quién lo hubiera dicho –dijo Kate–. Que nuestro millonario tacaño y alérgico al matrimonio pudiera ser un papá tan maravilloso.

–Era un buen chico cuando era pequeño –dijo Alisa.

Amy arqueó las cejas.

–¿Ya recuerdas cosas de hace tanto tiempo?

–Recuerdo algo –dijo Alisa–. Recuerdo mi infancia, pero no muchas cosas de mi adolescencia. Empiezo a tener recuerdos de cosas recientes. Me gustaría recordar más cosas acerca de Dylan. Ha hecho tanto por mí desde el accidente, pero apenas puedo recordar cosas de él a partir de cuando yo tenía doce años. Solo tengo un montón de sensaciones que no puedo explicar.

Kate y Amy se callaron y la miraron con preocupación. Kate se sentó al lado de Alisa y le dio un pequeño abrazo.

–Lo has pasado muy mal. Date tiempo. No importa lo que recuerdes o lo que no recuerdes, hay gente que se preocupa mucho por ti, y todos estamos muy contentos de que te estés poniendo mejor. Y si necesitas cualquier cosa, no dudes en llamarme.

–O a mí –dijo Amy.

Alisa suspiró agradecida por el apoyo que le ofrecían ambas mujeres. Al mismo tiempo, sin embargo, sabía que no descansaría hasta que su memoria rellenara lagunas muy importantes que tenía.

Nick y Jeremy corrieron junto a ella. Tenían la barbilla llena de migas.

–De momento, las galletas nos parecen riquísimas –dijo Nick.

–Pero necesitamos comer más para asegurarnos –dijo Jeremy.

Amy intervino.

—¿Cuántas galletas os habéis comido?

—No muchas —dijo Jeremy.

Emily apareció detrás de ellos.

—Cuatro cada uno —dijo la pequeña.

Los niños la miraron.

—Habéis comido bastantes. No quiero que volváis a vomitar en el coche de Justin —miró a Alisa—. Las delicias de la paternidad.

Alisa miró a Justin. Su atención se centró en el hombre que había a su lado, Dylan. Se preguntaba cómo serían sus hijos. Se preguntaba qué tipo de padre sería, y qué tipo de esposa elegiría. De pronto, sintió envidia. Incómoda por la dirección de sus pensamientos, se dirigió a Amy.

—Podéis llevaros las galletas a casa.

Dylan se acercó a su lado y le susurró al oído:

—Ves, te dije que todos los niños querían tus galletas.

Su tono juguetón y seductor hizo que le hirviera la sangre.

—Nunca me contestaste. ¿Eso te incluye a ti?

—A veces queremos lo que no podemos tener.

Ella comenzó a sentirse impaciente.

—¿Por qué me suena a galletas prohibidas?

Aquella noche Alisa volvió a soñar con Dylan. Él la besaba y acariciaba su cuerpo. Su excitación la hacía arder de deseo. Deseaba más, mucho más. Él le acariciaba sus partes íntimas y justo cuando llegaba al éxtasis, su imagen se desvanecía.

–¡No! ¡No te vayas! –gritó ella, y se despertó. Se sentó en la cama con la respiración acelerada, tenía los pechos duros, la piel caliente y entre sus piernas ardía de deseo.

Se destapó y no pudo contener un pequeño grito. Le hubiera gustado gritar a pleno pulmón, pero no quería despertar a Dylan.

Se acercó al balcón y abrió la puerta para que entrara aire fresco.

Al cabo de un segundo, Dylan entró en la habitación.

–¿Qué ocurre? ¿Has tenido otra pesadilla?

Ella contempló la causa de sus noches inquietas. Su pecho desnudo brillaba con la luz de la luna. Se había puesto los pantalones a toda prisa. No se los había abrochado y Alisa sospechaba que no llevaba nada debajo.

–Es una manera de decirlo –dijo ella.

Él se acercó y le acarició la cara.

–Tienes la piel caliente. ¿Estás enferma?

–Es probable –dijo Alisa con ironía y retiró la cara–. Estoy bien –dijo, se cruzó de brazos y miró hacia otro lado–. Puedes volver a la cama.

Se sentía muy frustrada. ¿Qué podía perder si le decía la verdad?

–He tenido un mal sueño contigo –le dijo.

–¿Malo? ¿Cómo?

Se encogió de hombros y dijo:

–Sueños eróticos.

–Oh –dijo Dylan tras un largo silencio.

–Sueño con que me besas y me haces el amor. Justo en el momento que más te deseo, tu imagen se desvanece –respiró hondo y cerró los ojos. Deseaba que su corazón latiera más despacio–. ¿Por qué no dejo de soñar contigo? ¿Por qué eres tan importante? ¿Qué éramos antes de mi accidente? –preguntó. Abrió los ojos y miró a Dylan.

–Nuestra relación era complicada.

–¿Por qué? –preguntó ella–. Dímelo –susurró. Se acercó tanto a él que Dylan podía sentir el calor de su cuerpo–. Muéstramelo.

Él entornó los ojos y sintió como si algo se quebrara en su interior. Le acarició el cabello y la besó en los labios. La devoró como si la deseara desde hacía mucho tiempo, como si ella fuera un deseo no cumplido. Al instante, Alisa se sintió despojada, seducida y totalmente excitada.

–Haces que me resulte difícil hacer lo correcto –murmuró él.

–No estoy segura de si coincidimos en qué es lo correcto –dijo ella, y lo besó. Saboreó su aroma masculino y deseó más.

Él se retiró un poco y le acarició los hombros. Después le bajó uno de los tirantes del camisón.

–Te vi cuando te desnudaste en el balcón. No pude dormir en toda la noche.

–Eso es justo –dijo ella casi sin aliento–. Tu tampoco me dejas dormir.

Los ojos de Dylan se iluminaron. Con un dedo le bajó el otro tirante del camisón. Ella contuvo la respiración mientras él le acariciaba los pechos con el dedo índice y después los pezones. El camisón de seda se deslizó hasta la cintura dejando al descubierto sus bonitos senos.

Dylan continuó acariciándole los pezones, la

empujó suavemente contra la pared y apretó el pecho contra sus senos. Alisa gimió de placer.

Mientras la besaba apasionadamente, le acarició las caderas y se colocó entre sus piernas. Se movió lentamente acariciando con su cuerpo el centro de su feminidad.

Él dio un pequeño gemido que hizo que Alisa se estremeciera. Después agachó la cabeza y le acarició los pezones con la lengua. Alisa echó la cabeza hacia atrás, sentía que un ola de placer recorría todo su cuerpo y se dejó llevar.

Sentía la brisa fría de la noche sobre sus piernas desnudas. Dylan entrecruzó las piernas con las de Alisa. Su roce era nuevo, pero a la vez conocido. Era como si ya conociera su cuerpo. «¿Cómo puede ser?», se preguntó ella.

Él metió los dedos por debajo de la ropa interior y Alisa suspiró sorprendida.

—Eres tan suave —le dijo tras encontrar el centro de su placer—. Como el terciopelo.

Alisa deseaba más. Deseaba sentir a Dylan en su interior. Quería que él también perdiera el control. Abrió la boca para hablar, pero sus caricias se lo impidieron. Le acarició la cuna de su deseo con el pulgar, y con cada caricia ella se estremecía. Finalmente, llegó al orgasmo.

Respirando hondo, lo abrazó con fuerza y esperó a que se le pasaran los efectos de sus caricias.

—No quería que fuera así —le dijo ella en voz baja—. Te deseaba a ti...

—No estás preparada —dijo él—. Te estás recuperando.

—Creo que soy yo la que tiene que decidir eso.

Se hizo un silencio. La tensión podía sentirse entre ellos. Alisa se sentía rechazada y dolida.

–¿Por qué me has besado y acariciado?

–Necesitabas liberarte –dijo él en voz baja–. Yo podía ayudarte.

–¿Así que ha sido un favor? –preguntó ella. Sentía que le dolía el corazón. Se retiró y subió el camisón para cubrirse.

Él se dispuso a agarrarla, pero ella dio un paso atrás.

–No ha sido un favor. Podías notar cómo respondía mi cuerpo.

–No comprendo nada.

–Te he dicho que no estás preparada.

–No me lo creo –dijo ella–. Yo te deseaba y tú te has echado atrás. ¿Te hice daño y no lo recuerdo? ¿Te traicioné de alguna manera?

–No, pero sé que no me perdonarías por aprovecharme de ti.

–No te estabas aprovechando de mí. Te dejé muy claro que te deseaba. Lo único que has hecho ha sido confundirme. No quería que me hicieras un favor. Siento un montón de cosas por ti, pero no sé de dónde vienen. Es un sentimiento tan fuerte que no sé qué hacer con él. Quería hacer el amor contigo. Quería ser tu amante y que tú fueras el mío. No me hagas más favores. Puedo darme una ducha de agua fría igual que cualquier persona –dijo ella, y lo dejó en el balcón.

Se fue directa al baño y cerró la puerta. Se desnudó y se metió bajo la ducha. Tenía que borrar a Dylan de su cabeza y de su cuerpo. Pero no estaba segura de que una ducha de agua fría lo borrara de su corazón.

Dylan pasó el resto de la noche paseando por su habitación. La excitación de su cuerpo se enfrentaba a su sentido del honor. ¿Por qué no había poseído a Alisa? Ella lo deseaba. ¿Por qué intentaba negarse las cosas?

La respuesta surgió enseguida. Ella recuperaría la memoria en cualquier momento. Alisa recordaría la traición. Y peor aún, recordaría la desilusión que se llevó con él.

No le gustaba que su negativa le hubiera hecho daño. El médico le había dicho que intentara no forzarla para que recordara cosas traumáticas. Alisa ya tenía bastante con enfrentarse al día a día.

Dylan sabía que su intención era ayudar a que se recuperara. Era en eso en lo que tenía que centrarse.

La mañana siguiente, Alisa no se sentó a desayunar con él. Su mirada era turbadora. Dylan se puso en pie.

Ella se cruzó de brazos y dijo:

—Creo que será mejor que vuelva a mi apartamento. Recuerdo el francés, así que también puedo volver a trabajar...

—El médico todavía no te ha dado el alta —le dijo él.

—Lo hará pronto. Sobre todo si yo presiono —contestó ella.

—Una semana más —sugirió Dylan—. Puedes intentar ir a trabajar media jornada. Quédate aquí y yo te llevaré.

–¿Por qué?

–Porque me siento responsable de ti –dijo él.

–Esa es una vieja excusa.

–Vale, entonces porque tienes una deuda conmigo. Te traje aquí para cuidar de ti. A cambio quiero que te quedes una semana más y estés presente cuando invite a cenar a mis hermanastros.

Capítulo Seis

Alisa miró a Dylan sorprendida. Sabía que él bromeaba acerca de muchas cosas, pero cuando se refería a su familia el sentido del humor lo abandonaba. A pesar de la humillación de la noche anterior, no podía evitar sentirse halagada por el hecho de que él la incluyera entre los asistentes a la cena con sus hermanastros.

–¿He oído bien? ¿Quieres que me quede otra semana para ayudarte a preparar la cena con tus hermanastros? Creía que no los soportabas.

–Hay cierta diferencia entre no gustar y la indiferencia. No confundas esto con una oportunidad para una reunión emotiva.

–¿Entonces por qué los invitas?

–Hay una cosa que quiero y me será más fácil conseguirla si tengo su colaboración.

Alisa llegó a la conclusión de que se trataba de negocios y se sintió un poco decepcionada. No podía dejar de pensar que si Dylan y sus hermanastros se reconciliaban, todos saldrían ganando. Aunque sabía que Dylan tenía cerrada la puerta a esa posibilidad. Igual que su corazón.

–Pareces decepcionada –dijo él–. Tienes que superar esa idea de finales felices. No ocurren siempre.

–Ya sé que no siempre ocurren –dijo Alisa–.

Pero si abandono la idea de que puede haber alguna posibilidad, entonces sería cínica e infeliz como tú. Puede que sea una locura, pero creo que la esperanza es algo mágico –sintió su mirada de incredulidad y le señaló con el dedo sobre el pecho–. Además, creo que tú tienes más esperanzas de las que admites. De otro modo, ¿Por qué pasaste tanto tiempo esperando a que yo recuperara el conocimiento cuando los médicos te dijeron que no tenía muchas oportunidades?

–Eso es diferente. Era cuestión de vida o muerte –le agarró el dedo y se lo llevó a los labios–. Y sé que el mundo es un lugar mejor si tú estás en él –esbozó una sonrisa y le besó el dedo–. No soy un cínico descorazonado.

Alisa notó que se le aceleraba el corazón al sentir el roce de sus labios. Ella sabía que él no era un cínico. Eso era parte del problema. Si lo fuera, le resultaría mucho más fácil ignorarlo. Sin embargo, cada vez deseaba más a Dylan.

–¿Te quedarás? –preguntó él.

Después de todo lo que él había hecho por ella, no podía negarse.

–Una semana –dijo, y retiró el dedo de sus labios. Tenía la sensación de que acababa de aceptar otra semana de viaje emocional en la montaña rusa. ¿Qué podía hacer para dejar de desear a Dylan?

Los primeros días, excepto el rato que iban en coche de camino al trabajo, se mantuvo alejada de él. Pensó el menú para la cena con la cocinera y envió invitaciones a las direcciones que le había dado Dylan. Durante el corto trayecto, ella sentía su cercanía, inhalaba su aroma e incluso a veces notaba que él la miraba. Alisa siempre tenía la sensación de que bajo su apariencia de hombre tranquilo había algo que lo inquietaba y que tenía que ver con ella. Los recuerdos de la noche que él la había besado la atrapaban, e inquieta decidió salir a los establos para ver si podía ayudar a Meg. Le sentaría bien centrarse un poco en los demás y no en sí misma.

Alisa disfrutó mucho de asistir a las clases para niños discapacitados. Era evidente que cada minuto que pasaban montados en un caballo les proporcionaba gran sensación de progreso. Ella sabía que ese sentimiento era necesario porque mientras trataba de recuperar la memoria había momentos en los que pensaba que no iba a ningún sitio.

Cada vez quería más independencia y movilidad. Un día después del trabajo, Alisa pasó por su apartamento y decidió comprobar si su coche arrancaba después de dos meses de estar parado. El Honda arrancó al segundo intento y aunque el médico aún no le había dado permiso a Alisa para que condujera, ella decidió hacerlo. Dejó un mensaje en el contestador de Dylan y se dirigió a Granger.

Después de la clase de lectura, se acercó a la casita donde había vivido con su madre. Sentada en el porche comenzó a recordar algunas cosas de aquella época. El aroma de la cena y de las galletas de chocolate invadió su memoria. Su madre era una cocinera excelente. Ella la recordaba acariciándole el cabello una vez la había metido en la cama. Recordaba que su madre había tenido que trabajar muchas horas y que a menudo le decía que ella se merecía algo mejor, y que algún día las cosas serían diferentes.

A Alisa no le disgustaba la casita en la que vivían. Allí se sentía segura. Aunque echaba en falta la presencia de su padre, Alisa no se sentía con carencias afectivas, a pesar del hecho de que deseaba tener hermanos y hermanas. Cuando la madre se volvió a casar, no quiso saber nada de tener más hijos.

La brisa cálida del mes de agosto acariciaba su cara. De pronto, vio que un gato subía al porche y se sentaba a la sombra. Tuvo otro recuerdo. Su madre le había permitido quedarse con un gatito abandonado.

–Siempre y cuando ese gato no entre en casa –le había dicho su madre. Alisa podía oír sus palabras. La mayor parte del tiempo, Alisa obedeció. Solo había metido al gato dentro de la casa en las noches frías y estaba convencida de que su madre lo sabía pero que hacía como si no se hubiera enterado.

Cada vez que Dylan pasaba por allí se quejaba del gato, pero siempre lo acariciaba. Se quejaba porque, en su opinión, el gato debería haber sido un perro. Cuando él fuera mayor tendría un golden retriever que sería el perro más listo del mundo. Alisa aún podía sentir el deseo de su voz.

Alisa pensó en la casa de Dylan. Era muy bonita, pero le faltaba el perro. Se preguntaba qué habría pasado con su sueño de tener un golden retriever. Se preguntaba si sería otra de las pérdidas que había sufrido en el camino de la vida adulta. Se preguntaba si no estaba dispuesto a abrir su corazón al perro que tanto había deseado de niño.

Dylan miró por décima vez hacia la entrada de su camino y comenzó a sudar.

Sabía que Alisa tenía que estar bien, pero hacía meses que no conducía y se había ido al centro de St. Albans en hora punta.

No podía evitar recordar cómo se había sentido cuando recibió la noticia de que ella había tenido un accidente. Se sintió como si el cuerpo se le hubiera quedado sin sangre. Se puso tenso y respiró hondo. Si le ocurriera algo a Alisa...

Si se atenían al trato que habían hecho, ella se marcharía al cabo de tres días. Dylan se sentía confuso con la idea. A medida que pasaban los días le costaba más no aceptar lo que ella le había ofrecido, no tocarla, no poseerla. Ella era la única mujer, la única persona que había conseguido que no se sintiera solo.

Quizá fuera mejor que la tentación de su proximidad desapareciera. Después de todo, algún día ella lo recordaría todo y su expresión de nostalgia se convertiría en expresión de desprecio.

Entornó los ojos y vio aparecer el Honda de Alisa. Suspiró aliviado.

–Al menos no le ha pasado nada –dijo para sí.

Ella se detuvo y lo saludó.

–Mira, mamá –dijo en tono de broma–. Tengo ruedas.

Dylan asintió.

–Ya veo. Decidiste ignorar los consejos del médico.

Ella asintió animada y caminó hacia él.

–Sí. ¿Qué voy a decirte? Me he portado tan bien, que este halo me está quedando pequeño.

–No sé si preguntarte dónde has estado.

Ella se detuvo frente a él.

–En el hogar Granger y en un par de sitios más –lo miró a los ojos–. No he hecho nada que tú no hubieras hecho hace una semana.

–¿Qué quieres decir?

–¿Cuánto tiempo habrías seguido los consejos del médico si eso significase que no puedes conducir?

«Diablos, yo hubiera conducido de vuelta a casa desde el hospital».

–No mucho –admitió–. Pero yo no soy una chica.

–No vas a comportarte de manera sexista, ¿no?

Él suspiró.

–No es sexismo. Es solo que no quiero que corras riesgos.

Ella fue a tomarle la mano pero dudó un instante. A pesar de sus buenas intenciones, Dylan odiaba que ella dudara. Sabía que lo hacía porque él no le había hecho el amor cuando ella se lo pidió.

Él le tomó la mano y la miró.

–La vida está llena de oportunidades –dijo ella–. Si no te arriesgas, es como estar muerto –se mordió el labio inferior como si estuviera preocupada–. Hoy me arriesgué bastante –dijo después.

–Bastante –repitió él, preguntándose qué estaría pensando Alisa.

Alisa puso una amplia sonrisa.

–Cuando fui a Granger recordé más cosas.

–¿Cómo cuál? –preguntó Dylan incómodo.

–Mi gata –dijo ella.

–Tiger –dijo él.

–Sí, tú te quejabas de ella, pero siempre la acariciabas.

–Era tan fea que me daba pena.

–No voy a preguntarte si era por eso por lo que me aguantabas de pequeño –dijo ella.

Él se rio.

–De acuerdo.

–Prefiero pensar que era tan adorable que no podías resistirte a mí –dijo ella–, o a las galletas de mi madre –añadió–. O a la posibilidad de ver la serie *The Lone Ranger*. Pero eso es otro asunto. Decidí que quería hacerte un regalo de agradecimiento por todo lo que has hecho por...

Dylan se puso tenso y le soltó la mano.

–No era necesario. No me debes nada.

–Bueno, ya lo tengo. Espero que lo aceptes con cariño y llegue a gustarte –hizo una pequeña pausa–. ¿Lo harás?

–¿Si haré qué?

–¿Si lo aceptarás con cariño?

Él se encogió de hombros, se sentía incómodo, pero no quería que disminuyera la esperanza que había en su mirada.

–Claro. ¿Qué es?

–Bien –dijo ella–. Está en el coche. Cierra los ojos.

–¿Por qué? –preguntó él. No sabía si había aceptado demasiado rápido.

–Porque yo quiero –insistió ella–. Es muy fácil. No te costará ni un centavo. Solo cierra los ojos –dijo ella, y le levantó la mano para que se cubriera los ojos–. Promete que no harás trampa.

Él no dijo nada.

–Prométemelo –dijo ella.

–Lo prometo –gruñó Dylan.

Él oyó sus pasos hasta el coche y después cómo abría la puerta.

–¡No hagas trampa! –gritó ella.

–No –murmuró él, pero apenas podía controlarse. ¿Qué le había comprado?

Alisa cerró la puerta del coche y volvió junto a él.

–Sigue con los ojos cerrados pero abre los brazos.

Confuso, Dylan frunció el ceño.

–¿Qué...?

–Cierra los ojos, pero abre los brazos –repitió ella.

–Vale –dijo él impaciente. Enseguida sintió algo peludo entre sus brazos. Dylan miró al cachorro de golden retriever. Su infancia reapareció en su memoria y recordó la época en la que quería un perro desesperadamente. Eso había sido veinte años atrás. El cachorro lo miró y se hizo pis en sus mocasines.

Maldiciendo en voz baja, miró a Alisa como si estuviera loca.

–Uy, creo que tendremos que enseñarle algunas cosas –sonrió y dijo–. Te presento a Tonto, el perro de tus sueños.

Dylan abrió la boca para decirle que aquello no era una buena idea. Ya no quería tener mascotas. No quería ese tipo de ataduras. No quería ninguna atadura. El perro se revolvió entre sus brazos. Dylan miró a Alisa y no encontró la fuerza suficiente para quitarle la esperanza que había en su mirada. «Maldita sea», pensó.

Era evidente que le pasaba algo. Podía negarse a hacer el amor con aquella mujer, pero no podía negarse a aceptar el regalo que acababa de estropear sus mocasines.

–Tonto, has dicho –dijo mirando al animal que sería el culpable de que tuviera que cambiar todos los muebles de la casa al cabo de un año.

–Tonto –dijo ella–. Así es como decías que llamarías a tu perro. Al perro de tus sueños.

Dylan sintió que se le tensaba el cuello.

–¿Y qué te ha hecho comprarme un perro?

Ella se rio y miró hacia otro lado.

–No tener memoria me ha enseñado lo valiosos que son los recuerdos. Recordar cosas de la infancia, me ha hecho recordar lo buena que era aquella época. Nada era perfecto, pero todo era posible –miró a Dylan–. Tu vida se ha convertido en algo casi perfecto, pero parece que has perdido tus posibilidades y tus sueños. Yo quería darte un sueño que te hiciera recordar la época en la que aún creías en las posibilidades. Además –le dijo–, te mantendrá ocupado cuando yo me vaya.

Dylan sabía que Alisa no tenía ni idea de que él soñaba todas las noches con poder volver a escribir la historia. Ningún perro podría solucionarle eso.

La noche siguiente Alisa correteaba de un lado a otro con nerviosismo mientras esperaba la llegada de los hermanastros de Dylan. Auqnue solo había recibido una confirmación le pidió a la cocinera que pusiera la mesa para cinco personas.

Dylan estaba ocupado tratando de consolar a Tonto, que se había pasado la mayor parte de la noche aullando. Alisa sospechaba que debía de echar de menos su casa.

Llamaron al timbre y a Alisa le dio un vuelco el corazón. Se apresuró a abrir la puerta y confió en que estuvieran los tres Remington al otro lado. Pero solo había uno.

–Grant –le dijo con una sonrisa forzada–. Pasa, por favor. Me alegro de que hayas podido venir.

Él asintió y entró. Miró con curiosidad a su alrededor. Ella se preguntaba si Grant tenía resentimientos por el hecho de que el dinero de su padre hubiera permitido a Dylan comprarse esa casa. «No debía ser así», pensó, «teniendo en cuenta que Dylan no había podido estar con su padre durante la infancia». Respiró hondo y trató de no pensar más en ello. Aquella era una noche para solucionar cosas. Una noche de posibilidades.

Alisa creía en las posibilidades aunque Dylan no lo hiciera.

Él cachorro lloró de nuevo y Grant preguntó:

–¿Eso es un perro?

–Cachorro nuevo –dijo ella, y lo guió hasta el estudio–. Creo que echa de menos a su madre.

–¿Qué raza es? –preguntó con poco interés.

–Golden retriever. ¿Quieres verlo?

Él se encogió de hombros.

–Vale.

–Por aquí –dijo ella, y lo llevó hasta la habitación en la que estaba Dylan acariciando al cachorro y hablándole en voz baja.

–No me gusta oírte llorar, pero tendrás que acostumbrarte a esta cesta hasta que aprendas a no hacerte pis en el suelo.

Tonto movió el rabo para agradecer las caricias.

–Bonito animal –dijo Grant.

Dylan y el cachorro levantaron la vista.

–Gracias –dijo Dylan.

Grant se acercó para acariciar al cachorro.

–¿Acabáis de traerlo?

Dylan asintió.

–Es un regalo –dijo él, y a Alisa le pareció que lo decía con poca ilusión–. Ten cuidado con tus zapatos. A Tonto no le importan mucho.

–Yo siempre quise un golden retriever –dijo Grant.

–Entonces tienes algo en común con Dylan –dijo Alisa–. También él siempre ha querido uno.

Dylan miró a Grant con curiosidad.

–¿Y por qué nunca has tenido uno?

–Mi madre tenía un caniche. Pensaba que los retriever eran demasiado grandes para la casa.

Dylan se encogió de hombros.

–Al menos tenías un caniche.

–Mi madre tenía un caniche –le corrigió Grant–. Y a ese perro no le gustaban los niños. Tampoco estoy seguro de si a mis padres les gustaban los niños –dijo él con una carcajada irónica.

Alisa miró a Dylan, y al ver que se había quedado pensativo salió en su ayuda.

–Tu hermana y tu hermano también estaban invitados, pero no hemos recibido noticias de ellos.

–Mi hermano está en Bangladesh tratando de encontrase a sí mismo, así que dudo que venga. Mi hermana, es probable que todavía tenga pesadillas sobre que Dylan apareciera en el cóctel. Tiene la idea de que si cierra los ojos bastante tiempo, lo que la molesta acaba por desaparecer.

–¿Y por qué has venido tú?

Grant esbozó una sonrisa de tiburón que le puso los pelos de punta a Alisa.

–Quiero algo de ti.

Dylan asintió.

–Perfecto, porque yo también quiero algo de ti.

Todo aquello era un poco frío para lo que Alisa deseaba.

–¿Por qué no cenamos antes de que comencéis a negociar? La cocinera ha preparado un plato excelente.

–¿Y qué hacemos con el perro? –preguntó Grant.

Dylan metió al perro en la cesta.

–Tonto nos ofrecerá la música de la cena –dijo, y el perro comenzó a llorar de inmediato.

Durante la cena, Dylan y Grant hablaron de cosas cotidianas. Cuando la cocinera sacó el postre, Alisa comió un poco y después se excusó y se marchó a su habitación para dejar que Dylan y Grant hablaran a solas.

Dylan le pidió a la cocinera que les sirviera un brandy y le preguntó a Grant si prefería tomárselo en el estudio o en la terraza.

–Afuera –dijo Grant–. Llevo todo el día dentro.

Dylan le dio la copa a su hermano y le preguntó:

–Bueno, ¿y qué es lo que quieres?

Grant arqueó las cejas.

–No te andas con rodeos. Eso podría gustarme de ti –dijo él–. Quiero tu voto y todo el entusiasmo que puedas reunir para conseguir que ocupe el puesto de Presidente en Remington Pharmaceuticals.

–Poder –dijo Dylan nada sorprendido–. ¿Por qué habría de votar en tu favor?

–Porque conozco la empresa y me preocupo más por ella que nadie. Quizá me preocupe más de lo que se preocupó mi padre.

–No sé demasiado acerca de nuestro padre

—dijo Dylan sin poder ocultar el tono amargo de su voz.

—Tenía sus fallos —dijo Grant—. Pero al final intentó hacer lo correcto. No estuvo bien que te ocultara su paternidad hasta que murió. Creo que intentó hacer justicia en su testamento.

—Es curioso —dijo Dylan—. Cuando se es un niño, no te interesa ni el dinero ni las mansiones. Lo único que quieres es un padre.

—Si te sirve de algo, no era especialmente un buen padre. No le interesaba. No acudía a los eventos deportivos ni a las graduaciones. Pero te pagó la univer...

—Ah, no —le corrigió Dylan—. Conseguí una beca de béisbol y me pagué el resto a base de créditos que devolví antes de que muriera tu padre.

Grant lo miró a los ojos y Dylan notó cierta expresión de respeto.

—Una beca de béisbol. Debías ser muy bueno.

—Jugaba mucho al béisbol en el hogar infantil Granger —dijo Dylan—. No había dinero para otra cosa.

Grant suspiró.

—Así es la vida. Tuviste mala suerte con mi padre. Tienes buena suerte con la chica.

—¿Chica?

—Alisa —dijo Grant—. No sé si solo sois amigos o si hay algo más.

—Es complicado —dijo Dylan, y añadió en silencio: «no es asunto tuyo».

—No hay muchas como ella. Si alguna vez te cansas...

–No te molestes –dijo Dylan–. Eso no ocurrirá.

Grant se encogió de hombros.

–Ya te he dicho lo que quiero. ¿Qué es lo que tú quieres? ¿Una parte mayor de la fortuna de Remington? ¿Más dinero? ¿Formar parte del club de campo?

Dylan sonrió. Sin duda su hermanastro lo había infravalorado.

–No, quiero tu apoyo para comenzar un proyecto de bioingeniería en Remington Pharmaceuticals.

–Pero eso es muy caro.

–Ya. He conseguido fondos para el primer año.

–¿De quién?

–De una organización benéfica privada –dijo Dylan.

–Eso es mucho dinero –dijo Grant–. No conozco mucha gente que esté dispuesta a participar con esa cantidad para algo benéfico.

Dylan sonrió y levantó la copa.

–Quizá es que has estado rodeado de la gente equivocada. ¿Hacemos un trato o no?

–Tú me apoyarás como presidente si yo apoyo el proyecto de bioingeniería –aclaró Grant–. Necesitarás algo más que mi apoyo.

–Tengo más que tu apoyo –dijo Dylan.

–¿Cómo?

–Favores –dijo él–. Me deben unos cuantos.

–Eres más listo de lo que pensaba. Te había infravalorado.

–No te preocupes. No eres el primero que lo hace. Es más, se puede decir que es una de esas cosas que me ha servido de mucho a lo largo de mi vida –dijo Dylan.

–¿Y cómo sé que no vas a tratar de ponerte en mi contra y ocupar mi puesto?

–Porque yo no quiero ocupar ningún puesto –dijo Dylan–. Yo solo quiero una pequeña parte de Remington para mí. A ti te criaron para este trabajo, y me parece bien. Pero por algún extraño motivo del destino, terminé con un puesto en la junta directiva, y no me contento solo con ocuparlo.

Grant lo miró pensativo. Después le tendió la mano.

–Trato hecho –le dijo–. La próxima vez cenaremos en mi casa.

Dylan experimentó una sensación de triunfo y sorpresa cuando estrechó la mano de su hermanastro. Estaba casi seguro de que Grant cumpliría su palabra. Pero lo más importante era que estaba más cerca de conseguir lo que quería.

Capítulo Siete

Alisa observó desde la escalera cómo Dylan se despedía de Grant. Cuando cerró la puerta le preguntó:

–¿Cómo ha ido?

Él se volvió y sonrió.

–¡Estupendamente! –se acercó a ella, la abrazó y dio una vuelta con ella en el aire–. Gracias a ti.

–¿Cómo que gracias a mí? Fue idea tuya invitar a cenar a Grant y a los demás.

Dylan se detuvo y la dejó en el suelo frente a él. Alisa sintió su pecho tenso, inhaló su aroma y al mirarlo a los ojos sintió que le flaqueaban las piernas.

–Pero tú me diste la idea cuando dijiste que quizá sería bueno que pasara algún tiempo con ellos en un ambiente diferente –agachó la cabeza y la besó–. Gracias.

A Alisa se le aceleró el corazón. La tenía abrazada y podía sentir su cercanía, su vitalidad y su masculinidad.

–De nada –dijo ella–. ¿Eso significa que tenéis planeada alguna reunión?

Dylan asintió despacio, como si no pudiera creerlo.

–Sí. Incluso ha dicho algo de invitarme a cenar, pero no sé. Lo importante es que ha aceptado apoyar mi propuesta para el proyecto de investigación para Remington Pharmaceutical.

«A cenar». Aquella palabras llegaron al corazón de Alisa. Quizá Grant estaba a punto de aceptar a Dylan.

–Me alegro mucho –dijo ella–. Ojalá hubieran venido los demás, pero...

–No necesito a los demás –dijo Dylan–. Lo único que necesito es el apoyo de Grant. Resulta que él quiere mi apoyo para llegar a ser presidente. No necesito a los demás.

Alisa sintió que se le encogía el corazón. Se preguntaba si Dylan realmente necesitaba a alguien. Parecía que se había construido un mundo para sí mismo en el que era autosuficiente. ¿Llegaría el día en que necesitara a una mujer para algo más que para saciar sus necesidades? ¿Desearía tanto a una mujer como para pensar que moriría sin ella? ¿Qué necesitaba para demostrarle a Dylan que no era autosuficiente?

–Lo conseguimos –dijo él. La miró a los ojos y acercó la boca a la de Alisa. Primero la acarició con los labios, y después introdujo la lengua en su boca con delicadeza.

Alisa sintió que una ola de calor recorría su cuerpo. Abrió la boca para recibirlo en su interior. Lo abrazó y lo atrajo hacia sí. Él la apoyó contra la pared. Metió la rodilla entre los muslos de ella y tras acariciarle las caderas, presionó su pelvis contra la de ella haciendo que se excitara con la promesa erótica de sus movimientos.

Un apremiante deseo se apoderó de ella. Deseaba más, mucho más.

Dylan se retiró un poco y tomó aire.

–Lo único que he hecho ha sido besarte y estoy tan excitado que parece que vaya a estallar.

Alisa tragó saliva.

–Y te preguntas lo que pasaría si hiciéramos algo más que besarnos –murmuró ella.

Los ojos de Dylan se iluminaron ardientes de deseo.

–Haces que me resulte muy difícil hacer lo correcto.

–Quizá no estés haciendo lo correcto –dijo ella–. Si puedo conducir estoy lo bastante recuperada como para...

Él le tapó la boca con la mano, y ella le acarició la palma con la lengua.

–Tengo que irme –dijo él, y se separó de ella–. Tú... tú... Tengo que irme un rato. Te veré luego.

Alisa lo observó marchar. No estaba ni ofendida ni humillada. Él hombre se había excitado tanto que hasta había balbuceado. Era gratificante saber que no era la única que había reaccionado así.

Sonrió al pensar que estaba llegando a su corazón. Se preguntaba si él se atrevería a dar el siguiente paso. Cerró los ojos al pensar en esa posibilidad. ¿Y si volvía a rechazarla? ¿Y si no lo hacía?

La idea era tentadora y seductora.

Alisa sonrió de nuevo. Estaba llegando a su corazón.

Dylan condujo hasta la casa de Justin para compartir sus buenas noticias. Cuando llegó se percató de que Justin y Amy se disponían a pasar una velada romántica después de haber acostado a los niños. Recordó lo que él había dejado atrás.

Dylan le contó a Justin las novedades y condujo de vuelta a casa. No podía dejar de pensar en Alisa y en cómo se sentía cuando la tenía entre los brazos. Lo había besado como si lo deseara de verdad. Toda ella lo seducía. La mirada de sus ojos, el tacto de su piel, incluso su manera de respirar.

Luchó contra el deseo de poseerla una y otra vez. Cuando la conoció años atrás, era más una niña que una mujer. Sin embargo, se había convertido en una mujer que lo cautivaba día y noche.

Solo quedaban tres días para que se marchara. Él habría cumplido con su deber y la habría ayudado a recuperarse sin aprovecharse de ella. Lo único que tenía que hacer era aguantar tres interminables noches más, y después ella estaría fuera de su alcance. Pronto recuperaría la memoria y lo odiaría por lo que ocurrió años atrás. No quería que lo odiara por algo que hubiera hecho después.

Treinta minutos más tarde, dejó el coche en el garaje y entró en la casa. Todo estaba en silencio. Se alivió al ver que Alisa no había decidido esperarlo despierta. Fue a ver a Tonto y comprobó que el cachorro estaba dormido. Solo esperaba que aguantara sin hacer pis hasta el día siguiente. Él necesitaba dormir toda la noche de un tirón.

Subió por las escaleras y se detuvo frente a la

habitación de Alisa. Acarició la puerta de madera y pensó en la mujer que había en el interior. Empezó a anhelar estar junto a ella. Caminó hasta su dormitorio, la sensación de vacío lo acompañaría durante más de una noche.

Abrió la puerta y no encendió la luz. Se quitó la ropa y se dirigió a la cama. Pero no estaba vacía.

En la oscuridad, Alisa supo en qué momento Dylan la percibió. El aire se llenó de electricidad y su corazón se aceleró.

–¿Qué estás haciendo aquí?

–Esperarte –susurró ella.

Dylan respiró hondo. Alisa podía sentir su tensión.

–¿Por qué? –preguntó él.

–Porque te deseo y tú me deseas.

–¿Por qué tienes que hacer que esto sea tan difícil?

Ella se acercó a él y lo besó en la boca mientras rozaba sus senos contra su pecho desnudo.

–¿Por qué lo hago difícil? –preguntó tratando de hablar con normalidad a pesar de que le costaba respirar–. ¿No es mi trabajo hacer que todo sea difícil?

–No quiero que te arrepientas de esto –murmuró él acariciándole el cabello.

–Cuando se está a punto de morir ocurre una cosa curiosa, Dylan –dijo ella–. No quieres perderte nada. Yo no quiero perderte a ti.

–Oh, Alisa –murmuró él, y le dio un abrazo–. Ayúdame, llevo tanto tiempo esperando esto.

Ella se preguntaba cuánto tiempo habría esperado. Tenía la sensación de que su barrera se derrumbaba poco a poco. Lo abrazó con fuerza mientras él la besaba con pasión.

Dylan le acarició los pezones y las caderas mientras se movía de manera sensual. Todo lo que hacía dejaba claro que pensaba poseerla como un hombre debe poseer a una mujer. Ella se estremeció solo de pensarlo.

—Acaríciame —dijo él sin dejar de besarla.

Alisa sentía que sus senos endurecían bajo sus caricias y la excitación entre sus piernas. Le acarició el pecho y se prometió recordar todos los detalles de aquella noche. De algún modo, sabía que aquella noche sería muy importante para ella. Dejó a un lado todas las inhibiciones y decidió hacer que él tampoco la olvidara nunca.

Le acarició el torso con la lengua y le mordisqueó los pezones. Él se puso tenso y ella apoyó la mejilla en el pecho para oír el latido de su corazón. Deslizó la mano por el vientre hasta llegar al suave vello que rodeaba su masculinidad.

Aunque sentía que ambos ardían de deseo, decidió ir despacio. Sintió que Dylan aguantaba la respiración esperando a que lo acariciara. Ella se resistió y deslizó la mano hacia un lado para acariciarle el muslo.

Lo besó en la boca, despacio pero con mucha pasión y poco a poco fue acercando la mano.

—¿Cuándo vas a dejar de torturarme? —le preguntó él.

—Es tan bueno que quiero que dure —dijo ella, y despacio le acarició el miembro con su dedo pulgar. Mientras le acariciaba la boca con la lengua, con el dedo hacía el mismo movimiento sobre su erección.

—Es un juego de dos —le advirtió Dylan y la tumbó en la cama con cuidado. Le separó los muslos con la rodilla y entretanto le acarició los pezones con la lengua—. Me encanta tu sabor —le dijo, y la hizo sentirse la criatura más deseable del mundo.

Le acarició la cintura, después los muslos, y por fin con una suave caricia, el centro de su deseo. Retiró la mano y le acarició el muslo.

Alisa contoneó su cuerpo contra el de él. Dylan volvió a acariciarla y de nuevo, retiró la mano.

La mezcla de las caricias en sus senos y las de sus dedos juguetones hizo que Alisa se estremeciera. Arqueó el cuerpo hacia el de Dylan en cuanto él la acarició otra vez.

—Eso te gusta —dijo él, y continuó acariciándola. Metió un dedo en el interior del cuerpo de Alisa y ella sintió que la llevaban al borde del orgasmo.

Le agarró la mano y dijo:

—No, esta vez no. No quiero irme de esa manera.

—Oh, Alisa —dijo él entre risas—. Te irás como hay que irse.

Ella lo miró a los ojos y dijo:

—Promételo —susurró—. Promételo.

—Lo prometo —dijo, y la besó.

Jugueteó con ella como si supiera exactamente dónde tocarla. Le acarició el cuerpo con la lengua y comenzó a poseerla con la boca. Alisa agarró la colcha de la cama con ambas manos mientras él la volvía loca con su lengua.

Débil de placer, lo miró con curiosidad. Se preguntaba por qué tenía la sensación de que era algo conocido y nuevo a la vez. ¿Habría soñado con ello tantas veces que sentía que ya lo conocía en la intimidad?

Él sacó un paquete de plástico de la mesilla de noche y se protegió, después entrelazó sus dedos con los de ella y le dijo:

–Prometí que me iría contigo. Prométeme que no te arrepentirás de esto.

¿Cómo podría arrepentirse de estar con Dylan? Sintió que los ojos se le llenaban de lágrimas.

–Eso no es posible. No...

–Promételo –dijo él.

–Lo prometo –dijo ella, y él la poseyó.

Alisa se quedó sin respiración. Su movimiento fue rápido y decidido.

–Te he hecho daño –dijo él, y comenzó a retirarse.

Alisa negó con la cabeza y lo abrazó por la cintura para que no se saliera.

–Es que ha pasado algún tiempo –dijo al fin. Se humedeció los labios y trató de relajarse.

Él suspiró hondo y dijo:

–Iremos despacio.

Durante esos preciosos instantes, Alisa sintió que no había nada entre ellos. Con cada movimiento, él formaba cada vez más parte de ella. Poco a poco, consiguió que aumentara su excitación. Ella sabía que él hacía un esfuerzo por contenerse.

La desbordante sensación de plenitud atrapó su alma y su corazón. Cuando él le hizo cruzar la barrera del placer, Alisa mantuvo los ojos abiertos y sintió que veía su futuro en el rostro de Dylan.

En medio de la noche, él la tomó de nuevo. Esa vez lo hicieron más breve, pero ambos se quedaron saciados y sin aliento. Después, por la mañana volvieron a hacer el amor despacio. Dylan le hacía el amor como si ella fuera lo más delicioso que hubiera encontrado nunca. Alisa deseaba significar más para él, hacer más por él. Quería curar todas sus heridas y hacer que sus deseos se convirtieran en realidad.

Al cabo de un rato, cuando los rayos de sol entraban por las cortinas, ella lo miró a los ojos y le dijo:

–Te quiero.

Dylan abrió bien los ojos y dijo:

–No tienes que decir eso.

–Pero es verdad –dijo ella acariciándole la cara y deseando acariciarle el corazón–. ¿Por qué te sorprende tanto?

–Hace mucho tiempo que nadie me dice eso.

–Hay algo que no comprendo –dijo ella–. Lo que hay entre nosotros es muy intenso. No comprendo cómo no hemos estado más tiempo juntos durante los últimos años.

Él miró hacia otro lado. Ella podía sentir que había más distancia entre ellos.

–Es complicado –dijo él.

–¿Por qué? –dijo ella–. Dime por qué.

Él le agarró la mano pero no la miró a los ojos.

–Recordarás todo lo que necesites cuando estés preparada, y creo que conviene que recuerdes todo lo que tiene que ver con nosotros por tu cuenta.

–Pero...

Un ladrido la interrumpió.

Dylan se rio.

–Mi perro debe estar a punto de estallar. Voy a sacar a Tonto –le dijo, y le dio un beso en los labios–. Puedes descansar un rato más.

Mientras Dylan se ponía los vaqueros y salía de la habitación, Alisa combatía con un sentimiento de vacío. Era evidente que había algún motivo por el que Dylan y ella no habían estado juntos antes del accidente, y él sabía cuál era. Se sentó en la cama, cerró los ojos y trató de encontrar una respuesta, pero lo único que veía era un oscuro vacío. Necesitaba averiguarlo. Tenía la sensación de que fuera lo que fuera lo que había sucedido, seguiría interponiéndose entre ellos hasta que ella lo recordara y lo solucionara. Si Dylan no pensaba decírselo, buscaría la información en otro sitio.

Capítulo Ocho

Según el trato que habían hecho, Alisa debía haberse marchado el lunes, pero ni Dylan ni Alisa mencionaron nada al respecto. Ella quería quedarse allí, y aunque él no se lo había dicho, su forma de actuar le dejaba claro que él también quería que se quedara.

Hacían el amor todas las noches, pero no hablaban demasiado. Era extraño. Aunque no lo habían hablado, Alisa sentía que entre ellos había un fuerte compromiso. Esperaba no estar engañándose a sí misma.

Decidida a averiguar más acerca de su relación con Dylan antes del accidente, fue a ver al psiquiatra del hospital y le contó la frustración que sentía ante las lagunas de su memoria. Él le explicó que algunos sentimientos podían bloquear sus recuerdos durante un tiempo. Le recordó que aún se estaba recuperando y que tenía que tener paciencia.

A Alisa no le gustaba que le dijeran que tuviera paciencia. Al día siguiente, quedó con Kate y Amy en un salón de té de St. Albans, y Kate llevó con ella a su bebé, Michelle.

–Cielos, es toda una señorita –dijo Amy cuando la pequeña agarró con delicadeza el pedazo de pastel que Kate le puso sobre la bandeja de su sillita.

Kate se rio.

–Se portará bien durante media hora, después tendré que irme. No sabes cómo grita –se volvió hacia Alisa–. Me alegro de que nos hayas llamado. Me he preguntado varias veces cómo estarías.

–Bien, la mayor parte del tiempo –dijo Alisa–. Ya conduzco, incluso aunque Dylan se muera de miedo. He recordado el francés así que ya puedo trabajar y también he recordado muchas cosas de cuando vivía en Granger. Sin embargo, tengo problemas para recordar las cosas que pasaron antes del accidente y esperaba que vosotras me pudierais ayudar.

–¿Qué quieres saber? –preguntó Amy–. Justin solo dice cosas buenas sobre ti. Cuando Justin y yo nos casamos, yo tenía miedo de haber cometido un gran error. Tú me dijiste cosas acerca de él que me hicieron verlo de otra manera. Siempre te portabas bien con los niños.

–Lo mismo digo –dijo Kate–. Michael siempre dice que eras como la hermana pequeña que todos los niños querían pero que no tenían. Excepto para Dylan, claro –añadió con una sonrisa.

–¿Qué pasa con Dylan? –preguntó Alisa.

Kate y Amy intercambiaron una mirada.

–¿Que qué pasa con él? –preguntó Kate–. Él se preocupaba por ti más que Michael o Justin. ¿Recuerdas algunas cosas de Granger, verdad?

–Sí, pero tengo la sensación de que hay algo más –dijo ella–. Sé que hay algo más.

–No conozco a Dylan desde hace mucho

tiempo, pero siempre que tú estabas a su alrededor él intentaba llamarte la atención. No te interesaba en ese aspecto –dijo Kate.

–Quizá por la relación que tuvimos durante la adolescencia –musitó Alisa.

–¿La recuerdas? –preguntó Amy. Bebió un poco de té y puso cara de asco–. No me gusta nada, prefiero un refresco.

–Pues pídele uno a la camarera, tonta –dijo Kate entre risas.

–Lo haré –dijo Amy, y se dirigió a Alisa de nuevo–. ¿Qué es lo que recuerdas sobre tu relación con Dylan?

–No todo –dijo Alisa–. Cuando yo todavía vivía en Granger, recuerdo que me escapaba por la noche para encontrarme con él, hablábamos y... –se encogió de hombros.

–Os besabais –añadió Kate.

Alisa asintió.

–¿Y cuándo te marchaste? –preguntó Amy.

–No lo recuerdo –dijo Alisa, y pensó en lo que le había dicho el psiquiatra–. Me han dicho que los sentimientos pueden bloquear los recuerdos, sobre todo si es algo que me disgustó.

Amy asintió.

–¿Y recuerdas algo de la universidad?

–Fui a una universidad para chicas. Estaba cerca de una gran universidad pública. Quería licenciarme en Arte, pero mi madre y mi padrastro preferían que lo hiciera en Lengua Francesa, así que solo me diplomé en Arte.

–¿Recuerdas algo acerca de tus citas en la universidad? –dijo Amy.

–No mucho. Conocí a mi novio cuando estaba terminando el último año.

–¿Pero no recuerdas nada sobre Dylan cuando estabas en la universidad?

–No. ¿Por qué debía hacerlo? –preguntó Alisa.

Amy contuvo la respiración. Kate miró al bebé. Era evidente que ellas sabían algo. Sabían algo que Alisa no sabía.

–¿Qué es lo que sabéis?

–En realidad no sé nada –dijo Amy–. No conozco a Dylan desde hace mucho tiempo, así que todo lo que te diga será información de tercera o cuarta mano.

–Pero eso es más de lo que tengo ahora.

Amy volvió a mirar a Kate.

–Justin tiene la sensación de que Dylan y tú os liasteis durante la universidad.

–¿Cómo?

–No lo sé. No conozco los detalles. Solo creo que no terminó bien.

Alisa sintió un nudo en el estómago. Trató de no dejarse llevar por los pensamientos irracionales.

–No terminó bien –repitió–. ¿Bueno, eso es algo muy amplio, no?

–Sí –dio Amy–. ¿Te he refrescado la memoria?

Alisa negó con la cabeza.

–¿Le has preguntado a Dylan acerca de esto? –preguntó Kate.

–Sí, pero dice que cree que debo recordarlo por mi cuenta –miró a las mujeres–. Ya es hora de que obtenga las respuestas.

–Si necesitas algo, llámame –dijo Kate.

–Lo mismo digo –dijo Amy.

–Os agradezco vuestra sinceridad –les dijo Alisa–. Estoy en desventaja.

–Es una situación difícil –dijo Kate–. Si yo fuera tú, me gustaría averiguarlo todo. Pero Amy y yo solo sabemos los rumores. Dylan es quien puede decirte más cosas. Además, lo que pasó entre vosotros sucedió hace montones de años, ahora sois personas distintas. Eso tiene que servir de algo.

Alisa notó cierta preocupación en la mirada de Kate. Sospechaba que fuera lo que fuera lo que ocurrió entre ella y Dylan influiría mucho en su futuro. Sentía como si el pasado y el futuro estuvieran a punto de colisionar. Se preguntaba si su corazón podría soportarlo.

Tras una larga pero exitosa reunión con la junta directiva, Dylan regresó a casa y encontró a Alisa en la terraza. Verla llenaba su corazón. La agarró por la cintura y le dio la vuelta.

Ella sonrió a pesar de la sorpresa.

–¿Qué haces?

–Tengo muy buenas noticias y tú eres responsable en parte –le dijo y la atrajo hacia sí. Su cercanía le recordó lo bien que se sentía cuando le hacía el amor–. Me han aceptado el proyecto.

–¿Tan rápido?

–Tan rápido –dijo Dylan–. Grant ha sido muy claro en su apoyo, y yo he aprovechado algunos favores que me debían.

–Enhorabuena –dijo ella, y acercó su boca a la de él.

Dylan sospechaba que iba a darle un beso breve. Pero él quería más. Introdujo la lengua en su boca para probar su dulzura una vez más. Sintió que el deseo recorría su cuerpo y se puso impaciente.

—Quiero celebrarlo contigo.

—¿Cómo?

—Quiero hacerte el amor —le dijo, y la besó de nuevo.

Inhaló su aroma y le acarició el cabello. Ella lo besó de forma apasionada, después se retiró y le dijo:

—Tenemos que hablar —dijo ella.

—¿Sobre?

—Tengo algunas preguntas y quiero saber la respuesta —dijo ella, y lo miró a los ojos—. Tú eres el que sabe la respuesta.

Al ver la expresión de sus ojos, Dylan sintió un nudo en la garganta. Hubiera jurado que ella había recuperado la memoria, pero sabía que si lo hubiera hecho no lo habría besado de esa manera. También sabía que no podía esperar a que recuperara la memoria. Debía contarle la verdad que se merecía.

Respiró hondo y se separó de ella.

—¿Cuáles son tus preguntas?

—Tengo muchas lagunas en mi memoria. Una de ellas es sobre cuando iba a la universidad.

—Ibas a una universidad de mujeres —dijo él.

—Eso lo sé —dijo ella—. Quiero saber lo que ocurrió entre nosotros.

—¿Qué es lo que recuerdas?

—Nada —dijo ella con nerviosismo—. ¡Por eso te lo pregunto!

–Algunos amigos tuyos te convencieron para ir a las fiestas de las hermandades de una universidad cercana. Me dijiste que no te apetecía mucho la idea pero que no querías quedarte sola en los dormitorios. No sé a cuántas fiestas fuisteis antes de ir a la de mi hermandad, pero recuerdo el momento exacto en el que entraste por la puerta. No podía creer que fueras tú.

Alisa cerró los ojos y trató de recordar. Vio una imagen de sí misma caminando por el pasillo de una casa llena de gente bailando.

–Me sentía fuera de lugar.

–Tenías ese aspecto –dijo Dylan con una sonrisa–. Uno de mis compañeros de hermandad se fijó en ti al instante, pero yo intervine. Parecías muy sorprendida de verme.

–Me diste un refresco y tratamos de hablar, pero la música estaba muy alta –recordó ella.

–Así que nos sentamos en el porche –dijo él–. Te llevé a casa y te di un beso de buenas noches. Fue diferente de cuando éramos adolescentes.

A Alisa se le aceleró el corazón. Recordaba el calor y la promesa de su beso. Recordaba que se había vuelto a enamorar de él.

–Nos veíamos todos los fines de semana –dijo ella–. Quería pasar cada minuto contigo –le dijo recordando lo locamente enamorada que había estado de él.

Él le agarró la barbilla para mirarla a los ojos.

–Yo te deseaba cada minuto –dijo Dylan con tanta sinceridad que le robó un pedazo de su corazón–. Te deseaba tanto que me asusté. Comencé a necesitarte, pero había aprendido que necesitar a alguien no era bueno, así que luché contra ese sentimiento.

–Éramos novios. Con razón me sentía como si...

–¿Como si qué...? –preguntó Dylan.

–Cuando hicimos el amor hace unas noches, sentí que conocías mi cuerpo. Sabías cómo tocarme –dijo ella.

Los ojos de Dylan se oscurecieron.

–He esperado mucho tiempo para hacerte el amor –le dijo él.

–¿Por qué tuviste que esperar?

Él se quedó en silencio durante largo rato, y Alisa sintió que su cabeza comenzaba a dar vueltas.

–Estaba loca por ti. ¿Qué pudo hacer que nos separáramos? –preguntó ella tratando de concentrarse–. Recuerdo que mis notas empeoraron. Tenía problemas con la Estadística. Tuve que pedir ayuda, pero aun así no comprendía nada. Te dije que no podía verte más –le dijo–. Nos peleamos. Duró un par de fines de semana. Había un acto de la hermandad al que querías que fuera, pero yo no me encontraba con fuerzas. No me gustaba que estuvieras enfadado conmigo, así que decidí darte una sorpresa –murmuró recordando que le había pedido un vestido a una amiga para ir. Alisa se vio de joven, vestida con elegancia y ansiosa por complacer a Dylan–. Llevaba el pelo recogido –murmuró.

–Con un lazo negro –añadió Dylan–. Llevabas un vestido de raso negro.

–Cuando entré, la música estaba muy alta. Había alguien bailando sobre la mesa –cerró los ojos–. Olía a cerveza –recordó que buscaba a Dylan y que no lo encontraba. Le preguntó a varias personas y le señalaron hacia la parte trasera de la habitación. Caminó hacia allí y lo vio con las manos en las caderas de una chica guapa. Se habían besado. Él había apretado su cuerpo contra el de ella. Le había acariciado el cabello. Alisa se sintió enferma–. La estabas besando –susurró, abrió los ojos y miró a Dylan con incredulidad.

–Ella me besaba a mí –dijo él.

–Creía que me querías –le dijo. Se sentía como si la hubiera traicionado en ese mismo instante.

–Y te quería –dijo él.

–No –dijo ella–. Teníamos algo tan especial. ¿Por qué lo hicisteis? ¿Cómo pudiste?

Él se pasó la mano por el cabello.

–Eso fue hace ocho años, Alisa. Me habías mandado a paseo. Cuando vi que no ibas a verme, me pregunté si estarías perdiendo el interés por mí. No lo planeé. Incluso pensé en no ir a la fiesta, pero mi compañero de habitación me convenció para que me quedara. Bebí unas cuantas cervezas y la chica esa no me dejaba tranquilo.

Alisa nunca se había sentido tan traicionada en la vida. La imagen de Dylan besando a la otra chica aparecía una y otra vez en su cabeza. Comenzó a temblar.

–Alisa –dijo Dylan, y fue a agarrarla.

Ella le retiró la mano.

–No. Yo... No sé qué es lo que esperaba, pero no era esto. ¿Por qué no me lo dijiste?

–¿Cuándo? –preguntó él–. ¿En el hospital cuando estabas en la UCI y no sabían si ibas a sobrevivir?

–Supongo que no, pero debió de haber algún momento después de que saliera del hospital.

–Tu médico me dijo que dejara que recordaras las cosas por ti misma. No necesitabas más presión. Por eso te traje aquí.

–Pero esto era importante. Debía haberlo sabido. Tenías que habérmelo dicho antes...

–...antes de que te encontrara en mi cama y te hiciera el amor. ¿Te arrepientes, Alisa? –le preguntó.

Ella recordó la promesa que le había hecho. Nada de arrepentimientos. Se sentía confusa y estaba decepcionada.

–Necesito pensar –dijo ella–. Necesito averiguar lo que esto significa. Necesito...

–...marcharme –él terminó la frase por ella–. Necesitas irte.

Y eso es lo que Alisa hizo.

Capítulo Nueve

Dylan no durmió en toda la noche. Ni la siguiente. Evitaba entrar en su dormitorio. El fantasma de Alisa estaba allí. Su aroma seguía allí. Cuando abría la puerta, oía su risa y sentía su presencia.

Había tenido tanto cuidado para no depender de ella, recordándose todo el rato que algún día se marcharía. Había cometido un gran error. Había creído que se había protegido, pero de alguna manera, la esperanza se coló en el interior de su ser. Dylan había aprendido mucho tiempo atrás que la esperanza podía ser una asesina. Su madre tenía la esperanza de que su padre regresaría y se ocuparía de ellos. Él también había esperado lo mismo, hasta que aprendió la lección.

La esperanza era uno de los sentimientos más extraños de los seres humanos. Llevaba a la gente a aferrarse a situaciones imposibles, que era mejor abandonar.

Aunque había intentado que no fuera así, una pequeña parte de él albergaba la esperanza de que Alisa lo viera de otra manera. Ella había hecho que el sol volviera a salir para él. Le había recordado la época en la que él se sintió seguro con ella. Nunca se había sentido de esa manera con otro ser humano.

Sin embargo, ella se había marchado otra vez.

Su corazón estaba apesadumbrado. La casa vacía. Tonto no dejaba de llorar. Era como si el perro pudiera sentir su estado de ánimo. Agarró la correa y lo sacó a la calle.

Había sobrevivido ocho años sin el amor de Alisa. Podría volver a hacerlo. Podía pasar el resto de su vida sin que ella lo mirara como si fuera la persona más importante del mundo. Su corazón no dejaría de latir. Él no dejaría de respirar. El mundo no dejaría de existir.

Su vida seguiría igual que antes del accidente. Deseaba no haber hecho el amor con ella, no haberse reído con ella. Deseaba no haber conocido nunca lo que era vivir con el amor de Alisa Jennings porque nunca más volvería a vivir con él.

—Para alguien que acaba de ganarse a la junta directiva de Remington, parece que vayas a un funeral —le dijo Justin cuando los tres miembros del Millionaire's Club celebraban el éxito de Dylan en el O'Malley's—. Deberías estar más contento que unas castañuelas. El Millionaire's Club se ha comprometido tanto con tu proyecto que no vamos a tener más dinero para financiar nada más durante una temporada.

—Quizá no —dijo Dylan—. Lo bueno de mi proyecto es que tarde o temprano producirá dinero.

—Ya sé cómo funciona la investigación —dijo

Justin en broma–. Para entonces seré viejo y tendré canas.

–¿Recuerdas un chico que se llamaba Horace Jenkins? –preguntó Dylan.

–Me suena –dijo Michael.

–Horace, Horace –repitió Justin.

–Era un par de años más joven que yo. No pasó mucho tiempo en Granger. Era demasiado listo –dijo él.

–¿Qué quieres decir con demasiado listo? –preguntó Michael.

–Era un genio. Aprobó el bachillerato en dos años y consiguió una beca para la universidad, después se doctoró en Biología, Física e ingeniería. Ha dado clase y trabajado en algunos inventos en su tiempo libre.

–¿Y cómo has dado con él? –preguntó Justin con una sonrisa.

–Una vez lo saqué de un apuro. Un par de chicos lo habían acorralado. Me llevé un par de puñetazos por su culpa y nunca lo olvidará. Siempre se ha mantenido en contacto conmigo. Cartas, correos electrónicos. No es muy sociable pero es brillante. Va a hacer algunas cosas impresionantes. Hará que Remington Pharmaceuticals gane mucho dinero.

–¿Lo has contratado? –preguntó Michael.

–Con una gratificación en función de la rapidez. Pero es un científico. El dinero no lo motiva.

–¿Qué es lo que quiere?

–Libertad para investigar sin tener que publicar o enseñar.

–¿Cuánto tiempo lleva trabajando en sus inventos?

Dylan sonrió.

–Años.

–Eso es lo que yo quería ver –dijo Justin–. La sonrisa del ligón Barrow.

Dylan notó que su buen humor desaparecía. Dio un largo trago de cerveza. Podía sentir que Michael lo miraba con curiosidad.

–¿Cómo está Alisa? –le preguntó

–Mejor. Está casi normal.

–¿Cómo de normal? –preguntó Justin.

–Ya sabe lo que pasó. Se ha mudado a su apartamento.

–Lo siento –masculló Michael.

–Sí –dijo Justin.

Dylan se encogió de hombros.

–Sabía que sucedería. Solo era cuestión de tiempo.

–¿Cuánto tiempo hace que se ha marchado? –preguntó Justin.

–Unos días.

–¿Qué te dijo cuando la llamaste? –preguntó Michael.

–No la he llamado. Me dijo que necesitaba pensar.

Michael lo miró como si estuviera loco.

–¿Y vas a dejar que piense ella sola?

–Bueno, sí. Si me hubiese querido a su lado, se habría quedado.

Michael y Justin se miraron.

Dylan se bebió el último trago de cerveza.

–¿Qué? –preguntó enfadado.

Justin se aclaró la garganta.

–Sé que has salido con muchas mujeres, pero no eres conocido porque tus relaciones sean muy duraderas.

–¿Y tú sí? –lo retó Dylan.

–Yo estoy casado con la mujer que amo –dijo Justin–. Tú no.

Enfadado por la sinceridad de sus palabras, Dylan cerró el puño y metió la mano en el bolsillo.

–Así que eres experto en mujeres.

–No, pero he aprendido unas cuantas cosas. Una de ellas es que no se deja sola a una mujer que está enfadada contigo. Se llama cubrirse las espaldas.

–Tiene razón –dijo Michael–. Las mujeres tienen mucha imaginación. Si hubiera evitado a Kate cuando nos casamos, me habría dejado tan rápido que mi cabeza todavía estaría dando vueltas. Kate dice que es una de esas cosas de Marte con Venus. Los hombres necesitan esconderse en sus cuevas. Las mujeres necesitan hablar.

Dylan pensó un instante en el consejo de sus amigos.

–No habéis visto la expresión de su cara.

Justin se encogió de hombros.

–Si no te importa vivir sin ella, entonces no tiene mucha importancia.

–Esa es su decisión –dijo Dylan.

–En parte –dijo Michael–. Depende de si eres un rajado o no.

Dylan se puso tenso.

–¿Qué quieres decir?

–Que no importa lo que pasara en un pasado entre tú y Alisa, ella nunca olvidará que tú estuviste con ella cuando te necesitaba, a menos que tú dejes que se olvide.

–No quiero su agradecimiento –dijo Dylan.

–¿De dónde viene este repentino ataque de orgullo? –preguntó Justin–. Puedes aprovecharte de su agradecimiento. ¿Quieres a esa mujer o no? ¿Vas a dejar que se salga con la suya otra vez? Eso ya lo has hecho. ¿Te hizo feliz?

–No –dijo Dylan.

–Si quieres a Alisa, vas a tener que utilizar todos los recursos que puedas. Ya no tienes veinte años y tienes que asegurarte de que ella lo recuerda. Sé por experiencia que una de las cosas que quieren las mujeres es a un hombre que se aferre a ellas pase lo que pase. Si quieres a esa mujer, esta es la batalla de tu vida. Créeme, yo acabo de pasar mi propia batalla.

–Lo mismo digo –dijo Michael–. Puede que suene horrible, pero yo tuve que hacerle la corte a mi esposa. Tuve que tener una cita con ella después de casarnos. Cuando lo hice, me di cuenta de que no había sido tan mala idea. Pero depende de ti, hermano. Eres tú quien tiene que decidir si vas a hacer algo o te vas a quedar de brazos cruzados.

Alisa intentó examinar su relación con Dylan, pero cada vez que trataba de categorizarlo como el hombre que la había traicionado, no podía evitar recordar que también era el hombre que le había llevado ceras y papel de dibujo mientras estaba en el hospital. «No tiene corazón», pensó, pero después recordó que cedía su propiedad para que impartieran clases de equitación para niños discapacitados.

No se podía confiar en él. ¿Entonces por qué pensaba en él cada vez que tenía una emergencia? Frunció el ceño mientras limpiaba el armario de su habitación el miércoles por la noche.

Dylan no apreciaba la importancia del amor. Quizá, ¿pero qué tipo de amor permanente había experimentado?

Él no lo necesitaba. Alisa sintió un nudo en el estómago. Parecía que Dylan no necesitaba a nadie. Se estiró para vaciar la estantería superior y encontró una caja en una esquina. La bajó para ver qué tenía dentro.

Creía que no sería capaz de mantener la atención de Dylan. Se repitió una y otra vez que no importaba, porque no deseaba su atención.

Se sentó en la alfombra y abrió la caja. Estaba llena de cartas, fotos y entradas de cine y de conciertos. Los bordes de algunas cartas estaban quemados como si alguien las hubiera rescatado de un incendio.

Era la caja con recuerdos de Dylan. Alisa se había fijado en que en los álbumes de fotos no había ninguna de él. Le había parecido curioso, pero ya lo comprendía todo.

Recordó el momento en que había comenzado a quemar los recuerdos de Dylan Barrow. Una noche, en casa de su madre, bajó al estudio donde todavía estaba encendida la chimenea. Habían pasado varias semanas desde que había roto con Dylan, pero aún lloraba antes de dormirse. Estaba tan enfadada que quería gritar. Decidió que para sacárselo de la cabeza y del corazón quemaría sus recuerdos. Recordaba echar algunas cosas en la chimenea y ver cómo empezaban a quemarse.

De pronto le entró el pánico. No estaba preparada para dejarlo marchar. Recuperó todo lo que pudo de la chimenea y decidió encerrar a Dylan mentalmente en una caja. Él había sido su amigo de la infancia y su primer amor, así que era normal que ocupara un espacio en su memoria. Alisa miró la caja y el pequeño espacio en la estantería. Pensó que era un espacio muy pequeño, y volvió a tapar la caja.

Llamaron al timbre y Alisa colocó la caja en su sitio. Tendría que pensar en otro momento por qué no quería deshacerse de aquellos recuerdos.

Se dirigió a la puerta y miró por la mirilla. Era Dylan. Le dio un vuelco al corazón. Era como si él se hubiera escapado de la caja. Abrió la puerta.

–Hola –dijo él–. ¿Puedo pasar?

–Claro –dijo ella–. ¿A qué se debe esta visita?

–Ya has tenido tiempo para pensar –dijo él. Entró en el estudio y se sentó en una silla como si aquel fuera su sitio–. Ahora ha llegado el momento de hablar.

Alisa sintió una mezcla de sentimientos. Había pensado mucho en él durante los últimos días. Le había gritado mentalmente y le había llorado.

–No estoy segura de que sea una buena idea.

–¿Por qué? –preguntó él, y la miró a los ojos.

–Por lo que pasó entre nosotros –dijo ella.

–¿Cuál de todas las cosas? –preguntó él–. Que te enseñara a alcanzar la pelota, que me invitaras a ver la tele a escondidas, que jugáramos en el barro, que me quedara contigo en el hospital, que hiciéramos el amor cuando éramos unos críos e íbamos a la universidad o que hiciéramos el amor ya de mayores. ¿Cuál de todas?

Alisa tragó saliva y miró a otro lado.

–Creo que por lo que pasó entre nosotros cuando íbamos a la universidad.

–Eso es una cosa –dijo él.

–Importante –dijo ella–. Muy importante.

–De acuerdo –dijo él–. Has tenido tiempo para pensar en ello. Es hora de que hablemos otra vez.

Incómoda con su actitud, frunció el ceño.

–No hablamos después de que sucediera hace ocho años.

–Eso fue un error –dijo Dylan–. Cometí más de un error cuando tenía veinte años. No voy a volver a repetirlos.

Alisa comenzó a pasear de un lado a otro.

–No comprendo qué es lo que quieres. Lo que pasó en la universidad cambió las cosas.

–Tu accidente también cambió las cosas –dijo él.

–Temporalmente –dijo ella.

–¿Solo?

–Sí –insistió ella–. En cuanto recordé lo que pasó en la universidad, todo cambió.

–¿Todo? –Dylan se puso en pie y caminó hacia ella–. Así que vuelves a ser la Alisa de antes del accidente. No sientes nada por mí.

«Está tan cerca», pensó ella tratando de luchar con miles de sentimientos que no quería tener.

–No puedo decir eso. ¿Nunca has oído la expresión: estuve, lo hice, lo conseguí? Nosotros lo hemos hecho tres veces.

–Entonces quizá debamos aclararlo esta vez –dijo él.

–No estoy segura de que sea una buena idea.

–¿Por qué?

–Nunca me sentí a gusto contigo y tus legiones de admiradoras.

Él puso una sonrisa sexy acercó su cabeza a la de ella.

–Sácame del mercado –se burló.

En otros tiempos Alisa habría sentido la tentación de aceptar su oferta seductora, pero no aquella vez.

–Quizá pueda sacarte del mercado, pero no creo que tenga lo que hace falta para mantenerte fuera del mercado. Algún día, estaré ocupada cuidando de algún otro aspecto de mi vida y te sentirás rechazado. Y porque tú eres tú, una mujer aparecerá para consolarte.

–¿Es eso lo que esperas después de lo que has conocido de mí tras el accidente?

Eso la detuvo. Su mente se quedó en blanco.

–Si es así, no has prestado atención –dijo él con tanta decisión que Alisa se sintió aliviada y aterrorizada a la vez. Se preguntaba si sus próximas palabras serían de despedida–. Pero está bien –dijo al fin con impaciencia–. Me voy ahora mismo, pero volveré. Hace mucho tiempo, el conserje de Granger bromeaba conmigo y me decía que era una mala hierba. La mala hierba nunca muere. Bueno, Alisa, yo soy tu mala hierba –le dijo y se volvió hacia la puerta.

Ella salió tras él.

–¿Por qué estás haciendo esto? –le preguntó por la espalda–. ¿Por qué estás hablando cuando te he dicho que no quiero hablar? ¿Por qué quieres que haya algo entre nosotros cuando yo no quiero?

–No me gusta la alternativa –dijo él, abrió la puerta y salió. Se volvió a mirarla con un decidido brillo en los ojos y le dijo–: Hasta la vista, *baby.*

Alisa cerró la puerta, apoyó la espalda en ella y se dejo caer hasta el suelo. No era eso lo que había esperado de Dylan. Todos esos años, cuando lo había mandado a paseo, él se había ido en silencio. Desde entonces, después de que él le pidiera salir y ella lo rechazara, la había dejado en paz. Ese día no se había marchado en silencio. ¿Cómo se suponía que ella iba a reordenar su vida si él no dejaba de generarle confusión?

La frustración se apoderó de ella y se tapó los ojos.

–Perfecto –murmuró–, ahora me persigue «terminator.»

Capítulo Diez

Dylan la llamó día sí día no. Lo justo para mantenerla confusa.

Alisa había completado la mayor parte de las lagunas de su memoria e intentaba continuar con su vida. Seguía haciendo listas y crucigramas para ejercitar la memoria a corto plazo. Su problema era que ya no le gustaba la vida que llevaba antes del accidente. Había cambiado.

No estaba segura de lo que implicaban esos cambios, así que decidió ir poco a poco y vivir día a día. Terminó de atarse las zapatillas de deporte, se metió la llave de casa en el bolsillo y salió dispuesta a correr un rato. Cuando llegó al recibidor aminoró el paso, después se detuvo, pero su corazón se aceleró. Dylan la estaba esperando vestido con unos pantalones cortos y unas zapatillas de deporte.

—¿Qué haces? —preguntó ella, y recordó que le había dicho que pensaba empezar a correr ese día.

—Voy a ir a correr contigo —dijo él.

—¿Por qué? —preguntó ella.

—Podría decirte que porque me encanta correr —le dijo. Se colocó en el lado más cercano a la calle y se acompasó a su ritmo.

—Algo me dice que eso no es cierto –dijo ella.

—No quiero que tengas más percances con ningún coche –dijo él.

Ella se detuvo y lo miró.

—No me va a atropellar ningún coche –le dijo Alisa.

—Tienes toda la razón.

Ella suspiró.

—Ya no eres responsable de mí. El médico me ha dado el alta.

—El médico no ha hecho el amor contigo –dijo Dylan y esbozó una media sonrisa–. No me hagas caso, solo quiero proteger tu cuerpo mientras corres.

Alisa se sentía tan confusa.

—Vale, pero será poco tiempo. Estoy en baja forma.

—Tú marcas el ritmo.

Corrió tras ella en silencio, como si hubiera comprendido que ella no quería hablar. Aunque en todo momento era consciente de su presencia, al cabo de un rato ya no la sentía como una intrusión. Él la dejó que eligiera la ruta y caminó junto a ella un rato para terminar.

—¿Cómo estás? –preguntó él.

—Bien –dijo ella–. Sigo intentando acostumbrarme. Por eso quería comenzar a correr otra vez.

—Despeja la cabeza. Hace que te sientas fuerte.

Ella asintió.

—Hecho de menos mi pintura –confesó–. Cuando miro el horario que tenía antes del accidente, estaba completo. No tenía tiempo ni de pintar ni de dibujar. Cuando me llevaste el papel al hospital fue como recuperar una parte perdida de mí.

–Siempre fue tu pasión secreta –dijo Dylan–. Se lo ocultabas a casi todo el mundo –la miró durante un instante–. Me gustaría que hicieras un dibujo para mí.

–¿De qué?

–De Tonto, el perro de mis sueños que tiene la vejiga del tamaño de un guisante –dijo él.

Alisa contuvo una carcajada.

–¿Cómo va el entrenamiento?

–Mi ama de llaves está a punto de abandonar. Ella hizo una mueca.

–Pero poco a poco. Él es muy exigente y requiere atención.

–Supongo que podías haberlo vendido –dijo ella.

–Es un regalo. Además –dijo con una sonrisa sexy–, es el perro de mis sueños. ¿Y cuándo lo vas a dibujar?

«Es un poco insistente», pensó Alisa.

–Es probable que pueda este fin de semana –dijo ella.

–Estupendo. En cualquier momento menos el viernes por la noche.

Su curiosidad aumentaba por momentos. No era asunto suyo lo que él hiciera los viernes por la noche, pero no pudo contenerse y se lo preguntó.

–¿Tienes planes para el viernes por la noche?

–Un acto benéfico. Han invitado a toda la junta directiva. ¿Te gustaría acompañarme?

–No, gracias –murmuró ella, y se dirigió hacia la puerta de su edificio.

–¿Cuándo vas a correr otra vez? –le preguntó Dylan.

–El viernes por la mañana –dijo ella–. Pero no hace...

–Te veré entonces –dijo él, y se marchó antes de que ella pudiera terminar.

Mientras subía las escaleras de su apartamento pensó que se sentía bien cuando estaba con Dylan. Él la conocía desde hacía mucho tiempo y había estado con ella durante aquel período aterrador después del accidente. Al mismo tiempo, ella no quería depender de él. Quizá pudiera confiar en él con su vida, pero no estaba segura de poder hacerlo con el corazón.

Ya se lo había partido en una ocasión, y no podía permitir que lo hiciera otra vez.

El viernes por la mañana llovía a cántaros, así que no fue a correr y no vio a Dylan. Aquella noche pensó a menudo en él. Se preguntaba con quién habría ido al acto benéfico. Dylan siempre tenía que estar acompañado de una mujer. La idea la hizo sentirse incómoda, así que decidió aparcarla a un lado y entretenerse dibujando un rato.

El sábado por la mañana Amy la invitó a que la acompañara al parque con los niños.

–Me alegro de que hayas venido –le dijo, y dio un golpecito en el banco para que se sentara a su lado–. Desde aquí los vemos perfectamente –dijo, y señaló hacia los columpios.

–Me alegro de que me lo hayas pedido. ¿Tenías algo que decirme?

–Unas cuantas cosas –dijo Amy–. Espero que nada de lo que dije el otro día haya hecho que empeoren las cosas entre tú y Dylan. A veces no puedo mantener la boca cerrada.

–Te agradezco tu sinceridad –dijo Alisa.

–Sí, pero a veces la verdad duele.

«La verdad me hizo daño», pensó Alisa. Pero prefería vivir con la verdad que con la mentira.

–No eres responsable de lo que sucede entre Dylan y yo.

–No sé lo que pasó entre vosotros cuando ibais a la universidad, pero él es un buen chico –dijo ella.

–Ya lo descubriré –dijo ella.

–Nick, usa las dos manos en ese tobogán –le gritó Amy, y se puso en pie. El periódico que tenía sobre el regazo se cayó al suelo. Alisa lo recogió y vio el apartado de ecos de sociedad. Entornó los ojos al ver la foto de Dylan.

–¿Ah, lo has visto esta mañana? –preguntó Amy, y se sentó de nuevo–. No se puede culpar al fotógrafo. Al hombre le queda muy bien el esmoquin.

–Por qué sale en... –Alisa se calló cuando vio la noticia sobre el acto benéfico–. *El carismático Dylan Barrow estuvo presente. No había ninguna mujer a su lado, aunque si muchas voluntarias* –leyó en voz alta–. No me sorprende. Siempre ha atraído a las mujeres como la miel a las abejas.

Amy arqueó las cejas.

–Ahora que lo mencionas, creo recordar que

él siempre iba acompañado de una mujer diferente cuando la ocasión lo requería.

—Sí —dijo Alisa, y cerró el periódico.

—Supongo que eso quiere decir que nunca fue en serio con ninguna —dijo Amy.

—Supongo —contestó Alisa.

—No creo que haya estado comprometido alguna vez, ¿verdad?

—No que yo sepa —dijo Alisa, desesperada por cambiar de tema.

—¿Tú si estuviste comprometida, verdad? —preguntó Amy. Después miró a los niños que estaban en los columpios—. Con las dos manos, Nick —le dijo al pequeño. Después volvió a mirar a Alisa—. ¿Estuviste comprometida, no?

—Sí —dijo Alisa—. Él era mayor que yo, muy estable y muy conservador. —«Todo lo que Dylan no es», pensó.

—¿Recuerdas por qué no te casaste con él?

—Porque no lo quería lo suficiente —admitió. Aunque intentaba no comparar la relación que tuvo con su prometido con la que tenía con Dylan, no podía negar que en la primera faltaba algo.

—Mmm —dijo Amy—. Me pregunto qué opinaba Dylan de eso.

—Nunca hablamos de ello —dijo Alisa.

Amy sonrió .

—Supongo que ya no importa. El otro motivo por el que te he pedido que vinieras era para pedirte un gran favor.

Alisa vio que Amy se ponía nerviosa.

—¿Qué gran favor? —le preguntó con curiosidad.

–Si no puedes hacerlo, lo comprenderé.

–De acuerdo. ¿Qué es?

–Odio pedirle a la gente que haga cosas por mí. Justin siempre me echa la bronca por eso.

–Amy –dijo Alisa–. ¿Qué quieres?

–Justin y yo queremos irnos de viaje un fin de semana largo, pero necesitamos que alguien cuide de...

–Me quedaré cuidando de los niños encantada. Solo tienes que decirme cuándo –dijo Alisa.

Amy sintió que las lágrimas afloraban a sus ojos y se abrazó a Alisa.

–Gracias. Es pedirte mucho, pero son buenos chicos. Queríamos que se sintieran lo más seguros posible antes de marcharnos de viaje, pero después de este brote de sarampión, Justin y yo necesitamos salir unos días.

Alisa recordaba que Amy había adoptado a los niños después de que su hermana y su cuñado murieran en un accidente de coche. Admiraba a aquella mujer por su fortaleza y decisión.

–Me alegro de que me lo hayas pedido. ¿Cuándo pensáis marcharos?

–Dentro de dos semanas –dijo ella–. Siempre que todo siga bien. Una pequeña luna de miel en Belize –dijo ella–. Estoy tan emocionada que no sé qué hacer. Pero estoy segura de que Justin me ayudará a pensar en algo.

Alisa sintió un poco de nostalgia al ver en el rostro de Amy la evidencia del amor.

–¿Le has cambiado mucho la vida a Justin, verdad?

–Él me ha cambiado la vida. Yo solía pensar

que estar sola significaba ser fuerte. Para mí lo más importante era ser autosuficiente. Justin me enseñó que no pasa nada por apoyarse en otra persona. Los dos hemos tenido suerte. Es una de esas cosas que solo pasan una vez en la vida, eso seguro.

Alisa pensó en Dylan. Una vez en la vida, le había dicho Amy. Deseaba que las cosas hubieran sido de otra manera. Deseaba... dejó de pensar en cosas peligrosas. Desear podía crearle problemas

—Te lo advierto, él no va a posar —dijo Dylan mientras trataba de sujetar a Tonto en el suelo.

—¡Ay! Los cachorros son muy monos, pero tienen unos dientes como cuchillas.

Tonto trató de levantar la cabeza.

—Ven aquí, precioso —dijo ella, y se arrodilló. Él perro corrió hacia ella. El material de dibujo se desparramó por el suelo y Tonto agarró un pincel con los dientes—. Oh, no, no —dijo ella, y el perro comenzó a juguetear—. ¿No tienes un calcetín o algo así? Este perro necesita juguetes.

—¿Juguetes? —Dylan volcó una cesta llena de juguetes para perro en el suelo. Tonto soltó el pincel.

—Gracias. El tamaño a menudo funciona con los machos —dijo ella.

Dylan la miró de reojo.

—¿Estás hablando de juguetes o de algo más?

Alisa se encogió de hombros.

—Un poco de todo. Juguetes, coches, mujeres.

Él asintió y miró a Tonto.

–Tiene uno favorito. Mira –dijo él–. Pasa de todos los demás para buscar su favorito.

El perro dejó de buscar cuando encontró un gato de goma.

Dylan miró a Alisa a los ojos.

–¿Decías algo de tamaños?

Alisa hizo caso omiso a la pregunta.

–Creo que lo mejor será que le saque unas fotos y lo observe durante un rato. ¿Me dejas tu cámara?

–Claro –dijo él con una expresión pensativa que le dejó claro a Alisa que se había enterado del cambio de tema. Pasaron la siguiente media hora sacando fotos del cachorro en el interior y en el jardín.

–¿Cómo sabe que no debe salirse de aquí? –preguntó al ver que Tonto se quedaba en una zona concreta.

–La valla eléctrica –dijo Dylan–. Después de perseguirlo hasta los establos, pensé que debía hacer algo. Va aprendiendo –dijo él–. Elegiste bien.

A Alisa le complacía que el regalo que le había hecho a Dylan lo hubiera enriquecido. Miró los árboles de la finca y sintió nostalgia. «Imposible», pensó. Ella no pertenecía a aquel lugar. Y menos con él.

–He de irme –dijo ella.

–¿Por qué? –preguntó él.

–Porque ya he terminado de sacar fotos y de observar a Tonto.

–Entonces ahora puedes relajarte conmigo –dijo él, y se acercó a ella.

Alisa notó que se le aceleraba el corazón. Vaya broma. Ella no podía relajarse estando con él. Cuando se disponía a quejarse, él le tapó la boca con los dedos.

–Cuéntame un secreto –dijo él con tono seductor–. Dime cómo puedo convencerte de que te quedes.

Tratando de no hacer caso a los buenos recuerdos, Alisa contestó con decisión:

–No voy a ir a tu dormitorio contigo –le dijo.

Los ojos de Dylan transmitían sorpresa. Puso una de esas sonrisas que desarman a las mujeres y dijo:

–No iba a pedírtelo.

Sintiéndose estúpida, se cubrió las mejillas coloradas con las manos.

–Ah, entonces...

Dylan le agarró las manos.

–Estoy esperando a que tú me invites a tu dormitorio.

Alisa se imaginó a Dylan completamente desnudo.

–Ya puedes esperar –contestó.

–Te estás acordando de lo que sentimos cuando hicimos el amor en mi dormitorio, ¿verdad? Puedes hacer más que recordar, Alisa.

«Huye, huye, tentación», pensó Alisa. Se separó de él.

–Guárdate los camelos para tus hordas de admiradoras. Conmigo no funcionan. Ya no soy la pequeña y dulce Alisa.

Su mirada se oscureció.

–Sé por propia experiencia que ya no eres la

pequeña Alisa. Incluso sin ella, he visto lo que hay en tu cajón de ropa interior. No hay alas de ángel –dijo él, y acercó su rostro al de ella–. Y en cuanto a mis hordas de admiradoras, no las he visto. Estoy demasiado ocupado contigo.

Temblorosa, pero tratando de ocultarlo, Alisa lo miró.

–Bueno, pues puedes considerarte desocupado –le dijo, y se dio la vuelta. Sintió que la agarraba por la muñeca y que le daba la vuelta otra vez.

–Todos esos comentarios que haces acerca de mi harén imaginario son algo pasado.

–Para ti, las mujeres somos como las patatas fritas, Dylan. No puedes comer solo una.

–Eres tan lista. Igual que tú ya no eres un adorable angelito, yo no soy un...

–¿Engañador? –dijo ella con frialdad.

–Eso es –dijo él apretando los dientes–. Y cuanto antes lo aceptes, mejor nos llevaremos.

–No hace falta que nos llevemos bien –le dijo ella.

–Ahí es donde estás muy equivocada –dijo él–. Pero aprenderás. Puede que me cueste la muerte, pero aprenderás.

Alisa se marchó enfadada. Dejó el carrete en una tienda de revelado rápido y decidió esperar. Después de recogerlo, se compró una botella de vino, un poco de queseo *brie*, pan y una chocolatina.

Cuando entró en su apartamento se dirigió a la cocina, sacó un vaso para el vino y un cuchillo para el queso y lo llevó todo a su dormitorio.

Se recostó en la cama y se sirvió un vaso de vino.

—Delicioso —dijo después de dar un trago. Trató de convencerse de que Dylan no era un ingrediente necesario para disfrutar de la vida. Sin embargo, cuando pensaba en placeres sensuales, la imagen de Dylan aparecía en su cabeza.

Decidió que empezaría a hacer el retrato de Tonto. Sacó las fotos y sonrió al ver al cachorro. El perro era un travieso, pero un travieso bonito. ¿Como su dueño?

Alisa se rio. A Dylan le encantaría oír que lo comparaban con un perro. Pasó las fotos y vio una en la que salía Dylan riéndose. Se fijó en sus ojos luminosos, sus dientes brillantes y sus atractivos rasgos. Pasó un par de fotos más y encontró otra en la que aparecía pensativo. Había visto tantas veces esa expresión en su rostro. Era un hombre complejo. No todo el mundo lo sabía, pero ella sí. Él era una persona fascinante. Hubo una época en que deseaba conocerlo a fondo, y aún sentía curiosidad por él.

«¿Por qué?», se preguntaba con frustración. Conocía más a Dylan que la mayoría de la gente. ¿Por qué deseaba conocerlo más?

Se sirvió otro vaso de vino y comió un poco de queso mientras volvía a mirar las fotos. Al cabo de un rato, sacó su bloc de dibujo y comenzó a hacer bocetos. Pero la imagen que aparecía en el papel no era la de Tonto. Era la de Dylan. Comenzó dibujando una imagen que sacó de una foto de Dylan. La miró y frunció el ceño. No estaba bien. No reflejaba su esencia. Recordó otra expresión de él, arrancó el dibujo que había hecho y lo dejó caer al suelo. Comenzó de nuevo. Horas más tarde, el bloc estaba vacío y el suelo lleno de dibujos de Dylan.

Dylan continuó acompañándola a correr por las mañanas. Alisa trató de evitar que fuera, pero se sentía mal al intentarlo. Era otro de los aspectos que habían cambiado en ella después del accidente. Dylan no se merecía que lo trataran mal.

Llegó el día en que tenía que cuidar de los hijos de Kate y Justin. Alisa esperaba un fin de semana lleno de libros infantiles, pinturas de dedos, películas de Disney, palomitas de maíz y galletas. Cuando llegó a la casa escuchó voces de niños y la música del piano. Llamó al timbre.

Los gemelos de tres años y medio fueron a la puerta y la miraron por la ventanita.

—No podemos dejarte pasar —dijo Nick.

Jeremy asintió.

—Nos meteremos en un lío.

—¿Podéis llamar a Amy? —preguntó Alisa.

—Está muy ocupada —dijo Nick.

Alisa suspiró. Lo primero que tendría que decirle a Amy es que les dijera que tenían que obedecerle, porque si no, ese fin de semana, iba a pasarse mucho tiempo en el porche.

—¿Y a Justin?

—No podemos molestarlo porque está jugando a la Bolsa y ganando mucho dinero —dijo Nick.

—¿Y Emily?

Los niños gritaron a todo pulmón.

–¡Emily, Alisa te llama!

Emily apareció en la puerta y sonrió.

–¿Puedo entrar? –preguntó Alisa.

Emily asintió y abrió la puerta.

Nick le dijo:

–Vas a meterte en un lío. No debemos dejar entrar a gente en casa

–No voy a meterme en ningún lío. Alisa va a cuidarnos mientras la tía Amy y Justin se van de luna de miel.

–Yo también quiero ir de luna de miel –dijo Jeremy.

–Sí que te vas a meter en un lío –dijo Nick.

–No –dijo Emily.

–Sí –dijo Nick.

–No hasta el infinito –dijo Emily.

–¿Qué es el infinito? –preguntó Nick.

–Es más grande que el número más grande que te puedas imaginar.

–Yo quiero ir de luna de miel –dijo Jeremy.

Alisa notaba la tristeza causada por la separación en la cara del pequeño. Lo rodeó con el brazo y le dijo:

–He traído galletas para todos los que no se van de luna de miel.

–¿Galletas? –preguntó Jeremy–. ¿Montones de galletas?

Le dio un abrazo.

–Montones, pero no suficientes para que te pongas enfermo. Podemos pintar con los dedos, leer, jugar y ver películas.

–Y montar a caballo –se oyó una voz masculina.

Alisa se volvió y vio que Dylan acababa de entrar. ¿Cómo había entrado tan fácilmente si ella se había pasado un rato en el porche? Se puso en pie.

—¿Qué haces aquí?

—Vengo a cuidar de los niños mientras Justin y Amy se van a Belize —dijo él.

—No es posible —dijo ella—. Amy me pidió a mí que cuidara de los niños este fin de semana.

—Y Justin me lo pidió a mí.

—Pero...

—Estos niños son maravillosos, pero un poco traviesos. Supongo que Justin y Amy decidieron que era mejor dos personas que una —se encogió de hombros—. Parece que vamos a estar los dos. Te dejaré la habitación principal —le dijo él, y se acercó para hablarle al oído—. Ni se te ocurra pensar en colarte en mi habitación en mitad de la noche.

Alisa iba a protestar, pero él continuó susurrando.

—Que vayamos a estar tres noches juntos no significa que tengas que recordar lo que sentíamos al acariciarnos. Es una pérdida de tiempo que recuerdes lo bien que hacíamos el amor —se separó un poco—. Ni se te ocurra seducirme o distraerme. Necesito dormir —le dijo, y se marchó dejándola boquiabierta.

Capítulo Once

La idea de Alisa de pasar un fin de semana tranquilo con los niños se fue al traste. Se fijó en la espalda de Dylan y frunció el ceño. No quería pasar todo un fin de semana con el hombre al que estaba intentando olvidar.

Amy apareció en el estudio con una maleta y miró a Alisa y a Dylan con nerviosismo.

–Siento que nos hayamos liado. Justin se lo pidió a Dylan y yo te lo pedí a ti, y después de pensar en ello decidimos que era mejor que os quedarais los dos con esta pandilla. ¿Os importa mucho? –preguntó, más a Alisa que a Dylan.

–Está bien –dijo Dylan antes de que Alisa pudiera hablar. Alisa lo miró con un gesto desagradable y después respiró hondo. Amy estaba nerviosa por dejar a los niños, y no quería hacer que se sintiera mal–. Estoy seguro de que estaremos bien.

Justin entró en la habitación con las llaves del coche en la mano y una maleta. Con una sonrisa, estrechó la mano de Dylan.

–Un fin de semana en tu casa de Belize. Te debo una –le dijo.

–Es todo un placer –dijo Dylan–. Bébete una cerveza Beliken por mí.

Nick y Jeremy corrieron junto a Justin y Amy.

—Vamos a ir a montar a caballo —dijo Nick.

Emily se unió a ellos.

Amy se arrodilló frente a los niños.

—Os vais a divertir mucho —dijo ella—. Tenéis que obedecer a Alisa y a Dylan. Y no os peleéis —dio un abrazo a cada uno—. Volveré antes de que os enteréis.

—¿Cuándo vas a volver? —preguntó Emily.

La incertidumbre de la niña hizo que a Alisa se le formara un nudo en la garganta. Los niños habían perdido a sus padres en un accidente y tenían que superar la pérdida.

—El lunes —dijo Amy, y le acarició el cabello—. Puedes llamarme cuando quieras. Dylan sabe el número de teléfono. Ayuda a Alisa, ¿vale?

Emily asintió y abrazó a Amy. Jeremy volvió para darle otro abrazo.

—¿Puedo ir a la próxima luna de miel? —preguntó.

Los ojos de Amy se llenaron de lágrimas.

—La próxima vez nos iremos todos de viaje —dijo ella.

Alisa vio que los niños podían comenzar a llorar en cualquier momento y trató de evitarlo.

—Necesito alguien que pruebe las galletas —dijo—. No estoy segura de que me hayan salido bien.

—Yo las pruebo —dijo Jeremy.

—Yo también —dijo Nick, y le dio un abrazo a Justin antes de irse con Alisa.

Dylan acompañó a Justin y Amy hasta la puerta. Comenzaba el fin de semana. Después de la comida, Alisa limpió la cocina mientras los niños jugaban en el jardín. Dylan fue a tirar la basura.

—No sabía que te gustaran los niños —le dijo ella.

—¿Y por qué no? Yo también fui niño.

—Bueno, pero no tienes hijos.

—Y no pienso tener ninguno hasta que no me case —dijo él acaloradamente—. Hay muchas cosas que no sabes de mí, Alisa. Llevas mucho tiempo sin prestarme atención.

Quería negarlo, pero no podía. A excepción de cuando se recuperaba del accidente, había intentado no fijarse en Dylan. Se preguntaba qué se había perdido.

—¿Eres la misma chica que a los dieciocho años? —le preguntó en voz baja.

—No.

—Yo tampoco soy el mismo que hace ocho años.

Alisa no podía rebatir su razonamiento. Estaba saturada. Después pensaría en ello.

—Quizá debamos ver cómo están los niños —dijo ella, y salió a ver cómo jugaban los niños. Después de asegurarse de que todos los pequeños habían ido al baño, se subieron al coche de Dylan y fueron a su finca.

Entraron en los establos, donde Meg Winters estaba con los caballos. Al principio, los niños se quedaron impresionados con el tamaño de los animales.

—Es enorme —dijo Jeremy al ver a Sir Galahad.

—Es muy alto. Yo quiero subirme al pequeño —dijo Nick.

Jeremy asintió y dijo:

–Tú primero.

–No, tú primero –dijo Nick.

–Emily tiene que subir primero –dijo Jeremy–. Es una niña.

–Yo prefiero mirar –dijo la pequeña.

Meg Winters sonrió.

–Los caballos parecen muy grandes, pero son muy simpáticos. Venid a que os presente a Sir Galahad.

Meg les dio manzanas a los niños para que se las dieran a los caballos y fueran ganando confianza. Al cabo de unos minutos, Nick ya quería subirse en uno, pero Jeremy todavía desconfiaba un poco.

Alisa lo rodeó por los brazos.

–¿No quieres montar, cariño?

–Es muy grande. ¿Y si me caigo?

–No permitiremos que te caigas. ¿Quieres que yo vaya a tu lado?

Él asintió, y contuvo la respiración mientras Dylan lo acomodaba en la silla. Alisa llevó a Sir Galahad para que diera un corto paseo.

Emily tenía una expresión mezcla de miedo y envidia. Dylan le estaba diciendo algo al oído. La pequeña asintió. Después, Dylan se subió en un caballo y Meg aupó a la pequeña para subirla con él.

–Emily va a montar con Dylan –dijo Nick–. Yo quiero montar con Dylan.

Alisa observó cómo Dylan sujetaba a Emily delante de él. Ambos iban sujetando las riendas y él le iba hablando en voz baja y en tono tranquilo para que ganara confianza.

La imagen se congeló en su memoria. En varias ocasiones había hablado a Alisa en el mismo tono cuando ella estaba aterrorizada. La había sujetado tantas veces. Su corazón se aceleró. Se preguntaba cómo serían los hijos de Dylan. ¿Serían aventureros como él? ¿Su hijo volvería locas a las mujeres con su sonrisa?

¿Cómo sería la esposa de Dylan? La idea de que se casara le resultó dolorosa. ¿Su mujer vería más allá de la riqueza y se daría cuenta del hombre que era? Su corazón se puso tenso. ¿Por qué le importaba todo aquello? Confusa, se recordó que no era la mujer que había llamado su atención, así que no tenía que pensar en ello.

Después de montar a caballo, Dylan y Alisa llevaron a los niños a nadar. Los niños eran tan activos que tenían que vigilarlos todo el rato. Los pequeños jugaron con Tonto y Dylan preparó unas hamburguesas para la cena. Cuando el sol se ocultó, volvieron a casa. Después de darse un baño, los niños estaban tan cansados que cayeron rendidos en la cama.

Alisa también estaba cansada. Se tumbó en el sofá y cerró los ojos mientras Dylan buscaba una cerveza en la nevera. Lo oyó volver y sintió que le levantaba los pies para poderse sentar en el sofá.

—Esto ha sido solo el primer día –dijo ella sorprendida de lo cansada que estaba–. No puedo creer que sus cuerpecitos tengan tanta energía.

—Y solo ha sido medio día –dijo Dylan.

—Trato de imaginarme cómo Amy era profesora y después venía a cuidar a los niños a casa –dijo Alisa–. Pero las mujeres que trabajan en

140

otras cosas también lo hacen. Me sorprende que Justin y ella no se hayan mudado a una casa más grande después de casarse.

—Querían que los niños se sintieran seguros, así que no hicieron ningún cambio –dijo Dylan–. Será mejor que me marche.

—¿Te vas a ir ahora? –Alisa abrió los ojos y lo miró.

Él bebió un trago de cerveza.

—Dijiste que querías hacer esto tú sola.

Alisa se imaginó cuidando a los niños sin ayuda durante tres día y sintió un nudo en el estómago.

—Quizá me haya precipitado un poco.

—¿De verdad? –él la miró con una sexy sonrisa–. ¿Es esta tu manera de decir que me necesitas?

Ella respiró hondo y se enfrentó a su orgullo. Se incorporó y se agarró las rodillas.

—Admito que en este caso dos adultos son mejor que uno.

—Incluso aunque yo sea el otro adulto –concluyó él.

Ella lo miró fijamente.

—Supongo que ahora es cuando tengo que decirte que hoy me has sorprendido con Emily. Estuviste maravilloso con ella.

—Con toda la experiencia que tengo con las mujeres, me sorprende que te sorprenda.

—No lo decía en ese sentido –dijo ella–. Fuiste muy sensible y amable con ella. Me ha recordado a lo amable que eras conmigo cuando yo era una niña.

Alisa no lo tocó pero deseaba hacerlo. Él tampoco la tocó a ella, pero también lo deseaba.

–Lo ponías fácil –dijo él. Sus palabras y su mirada alcanzaron el corazón de Alisa. Hubo un silencio lleno de recuerdos compartidos y sentimientos. Él la miró con nostalgia.

–Hoy hemos formado un buen equipo, ¿verdad? –dijo él y se bebió el resto de la cerveza. Se puso en pie y se dirigió hasta la puerta.

Ella asintió. No quería que él se marchara, pero no estaba dispuesta a pedirle que se quedara.

–Así es.

–Me voy a la cama –dijo él, y la miró–. Acuérdate de no pensar en mí esta noche. Acuérdate de no recordar –le dijo.

Su advertencia tuvo el mismo efecto que encender una cerilla junto a una lata de gasolina. Alisa comenzó a recordar lo que sentía cuando estaba entre sus brazos y cuando hacían el amor. Maldita sea, ¿por qué no conseguía no pensar en ello?

El sábado llovía y Dylan observó cómo Alisa sacaba una bolsa llena de entretenimientos. Libros, juegos, pintura para usar con los dedos... Por la tarde, cuando los niños ya estaban aburridos, ella miró a Dylan con desesperación.

–La televisión –le sugirió Dylan medio en broma medio en serio–. Con todo este esfuerzo para que lean, los niños no ven bastante televisión hoy en día.

Ella se rio y oírla alegró a Dylan. Tuvo que resistirse para no tocarla, pero empezaba a estar harto de resistirse.

–Pensaba dejar la tele para cuando ya no tenga ni una sola neurona en funcionamiento. ¡Todos, poneos vuestras zapatillas de deporte viejas! –dijo ella.

–¿Qué tienes pensado? –preguntó él.

Ella sonrió.

–Eh, en lo que se refiere a días lluviosos, he aprendido del mejor.

–Caminar bajo la lluvia y chapotear en los charcos. Limpiar después va a ser terrible.

–Prefiero tener que limpiar que tener a una panda de niños gruñones. Pero tú puedes quedarte aquí si tienes miedo de mojarte –dijo ella con una mirada desafiante que provocó que a Dylan le entraran ganas de tomarla en brazos y llevársela a casa. «Algún día», prometió para sí, «Algún día».

Más tarde, aquella noche, después de cenar y de ver una película de Disney, Emily y Nick se quedaron dormidos sin problema. Sin embargo, Jeremy seguía despierto después de que Alisa le hubiera leído cuatro cuentos.

–¿Normalmente qué haces en la cama? –le preguntó Alisa al pequeño.

–Dormir –dijo él.

Dylan contuvo una carcajada al ver la cara de preocupación de Alisa.

–¿Y qué haces cuando no puedes dormirte?

–Escucho canciones –dijo él–. *Kum-ba-yah* y *Noventa y nueve botellas de cerveza sobre el muro*.

Ella se mordió el labio.

—*¿Noventa y nueve botellas de cerveza sobre el muro?*

Jeremy asintió.

—Justin me la canta.

Alisa miró a Dylan, y él tardó un instante en comprender lo que Alisa había pensado.

—Me niego —susurró él.

—Pero está acostumbrado a una voz masculina —dijo ella.

—Pon más grave la tuya.

—Piensa que es como si contaras ovejas para él —dijo ella, y añadió— con música.

Rezongando, Dylan se acercó a la cama del pequeño y se sentó en el suelo. Miró a Jeremy y le dijo:

—Te advierto que no canto muy bien.

Jeremy le dio una palmadita en la cabeza.

—No importa. Justin tampoco canta bien. Por eso me quedo dormido tan rápido.

Tras esas palabras de consuelo, Dylan comenzó a cantar y no se calló hasta que llegó hasta las setenta y tres botellas. Observó que Jeremy respiraba profundamente. Estaba dormido, muy dormido.

Miró a Alisa y notó tanta ternura en sus ojos que le dio un vuelco al corazón. En ese momento, ella estaba mucho más cerca de amarlo que durante los últimos ocho años.

Ella besó a Jeremy en la frente y se puso en pie. Ambos salieron de la habitación y cuando cerraron la puerta respiraron aliviados..

—No voy a mentirte. Estoy impresionada —dijo ella.

–No sabías que sabía cantar –dijo él, y se apoyó de lado en la pared.

–Todavía no sé si sabes cantar –dijo ella.

–Estás impresionada porque me supiera toda la letra de la canción.

–No. Estoy impresionada de que cantaras. No querías hacerlo, pero él necesitaba que tú le cantaras.

–Ha podido ser una jugada puramente egoísta –dijo él–. Si Jeremy duerme, Dylan duerme.

Ella lo miró con escepticismo y se apoyó en la pared cerca de él.

–Puede, pero me parece maravilloso que le cantaras a Jeremy para que se durmiera.

–¿Cómo de maravilloso?

–Muy maravilloso –dijo ella–. ¿Por qué?

–¿Me darás un beso de buenas noches si termino la canción?

Alisa lo miró horrorizada.

–Te daré un beso de buenas noches si prometes no cantarla más.

–Trato hecho –dijo él, y agachó la cabeza.

Ella le dio un beso en la mejilla. Dylan permaneció callado. La miró a los ojos y se quedó quieto. Los ojos de Alisa brillaban con una mezcla de sentimientos: pasión, nostalgia, duda. Él odiaba verla dudar.

Despacio, ella acercó la boca a la de él y Dylan supo que era la oferta más dulce que podía recibir. Ella no confiaba del todo en él, pero al menos no negaba que lo deseaba.

Él la besó con cuidado. Saboreó la dulzura de su boca y apenas la acarició con la lengua. Ella le acarició la lengua con la suya y él se contuvo una vez más. En la oscuridad del pasillo, Dylan sintió que se abría la puerta hacia el corazón de Alisa. Era un momento delicado que tenía que manejar con mucho cuidado.

Cerró los puños para no tocarla. Su cuerpo anhelaba sentirse junto al de ella, pero Dylan no se lo permitió. Volvió a besarla en los labios y después se retiró.

Ella se relamió los labios como si le gustara su sabor. Ese gesto erótico e involuntario, estuvo a punto de hacer que Dylan perdiera el control.

—Buenas noches, Alisa —dijo él, en lugar de tomarla en brazos y llevarla a la cama.

—Buenas noches, Dylan —murmuró ella, y se marchó dejándolo con un inagotable sentimiento de deseo.

Al día siguiente salió el sol, así que Alisa y Dylan repitieron la visita a su finca para que los niños montaran a caballo, nadaran en la piscina y jugaran con Tonto. Aunque estaban muy entretenidos, Alisa notaba que echaban de menos a Justin y a Amy. Les habló de que debían prepararse para cuando llegaran el lunes. Tenían que limpiar la casa y quizá, podían hacer galletas. Por la noche, los niños recogieron sus habitaciones y estaban dispuestos a hacer galletas cuando se levantaran.

Alisa le leyó un cuento a Emily mientras Dylan cantaba de nuevo. Después ella siguió el sonido de la música que provenía del piso de abajo y se encontró con que Dylan estaba en el estudio con dos vasos de vino.

–Un brindis –dijo él, y le tendió un vaso de vino–. Los niños han sobrevivido y nosotros también.

Ella se rio y chocaron los vasos. Alisa dio un sorbo de vino. Estaba tan bueno que se lo bebió rápido y después se sintió un poco mareada.

–¿Quieres más? –preguntó él.

–Estaba muy bueno, pero creo que con un vaso tengo suficiente.

–Yo solo tomaré dos –dijo él–. Quizá tenga que hacer un bis. He cantado hasta las ochenta y tres botellas de cerveza sobre el muro –dejó el vaso de vino y se colocó frente a ella–. Baila conmigo –le dijo.

Alisa no sabía qué contestar. Su instinto le decía que dijera que no. Y sí.

–Solo un baile –dijo él–. Me encanta esta canción.

La tomó entre sus brazos y Alisa trató de escuchar la canción en vez del latido de su corazón. La voz de una mujer acompañaba a una guitarra y a una mandolina. Hablaba del amor expresado en acciones y no en palabras.

Trató de pensar con sentido común, pero el abrazo de Dylan era firme y seguro. Su aroma era sensual y le resultaba conocido. Cerró los ojos, y durante unos instantes la música y aquel hombre la alejaron del dolor, y de sí misma.

–Ven conmigo a Belize el próximo fin de semana –le susurró Dylan al oído.

Sorprendida, abrió los ojos.

–¿Qué?

–Ven conmigo a Belize. Es un fin de semana largo, y quiero pasarlo a solas contigo.

Sintió que se le aceleraba el corazón. Otra aventura con Dylan. Quería ir. Quería estar con él, pero la sombra de la duda se apoderó de ella una vez más. ¿Y si confiaba en él pero no debía hacerlo? Sintió cierta presión en el pecho y que la cabeza se le llenaba de pensamientos contradictorios.

–No puedo –dijo al fin, y se separó de él. Odiaba hacerle daño–. Puedo confiar en ti en un montón de aspectos. Me gustaría poder confiar en ti en lo que a mí respecta.

Capítulo Doce

La invitación de Dylan permaneció en la cabeza de Alisa. Incluso después de que Justin y Amy regresaran de su viaje y ella y Dylan se separaran, Alisa no podía dejar de pensar en la invitación a Belize. Cuando eran niños, la habría invitado a ir a chapotear en los charcos, pero la idea era la misma. Otra aventura con Dylan. Para Alisa, él había sido la aventura principal.

Pasó toda la semana debatiéndose entre las dudas y el sentido común. Recordó lo mal que se había sentido años atrás cuando encontró a Dylan con otra chica. Pero por algún motivo, no era capaz de conservar el sentimiento de traición igual que lo hacía antes.

Llegó el viernes y todavía estaba confundida. Vio que el reloj marcaba la hora en que él le había dicho que se marcharía. Le había dejado claro que deseaba irse con ella, pero también, que se iría de todos modos, con o sin ella.

No estaba cerca del aeropuerto, pero podía imaginar a Dylan subiendo al avión y abrochándose el cinturón. Podía escuchar el sonido del motor y sentir cómo se elevaba en el aire. Sin ella.

Sonó el teléfono y se le aceleró el corazón. ¿Sería él?

–¿Hola?

–Alisa, cariño, soy tu madre. ¿Cuándo vas a venir para que vea que estás bien del todo?

Alisa contuvo un suspiro. Había estado en contacto con su madre durante las dos últimas semanas desde que ella regresó de su viaje por Europa. Su madre se había enterado de lo del accidente y quería ver a su hija para asegurarse de que estaba bien, pero Alisa necesitaba un poco más de tiempo.

–Pronto, mamá. Quizá el próximo fin de semana.

–¿Y por qué no este fin de semana? Después de todo, es fiesta, y estoy segura de que te puedes tomar el lunes libre.

–Sí, pero no me apetece viajar con todo el mundo. ¿Cómo está Louis? –preguntó ella, refiriéndose a su padrastro.

–Está bien cuando se toma las pastillas para la tensión –la madre hizo una pausa–. Cariño, no quiero ser pesada, pero no pareces contenta.

Alisa sonrió con tristeza. La relación con su madre tenía cosas buenas y cosas malas, pero aun así, no podía esconderle casi nada.

–Dylan me ha invitado a ir a Belize con él.

–Ah –dijo la madre. Su tono transmitía desaprobación.

–Le he dicho que no.

–Bueno, creo que has sido lista. Has pasado una época difícil y aún estás vulnerable. No se puede confiar en Dylan.

–Se ha portado muy bien conmigo después del accidente. Fue a visitarme todos los días al hospital e insistió en que me recuperara en su casa.

–Lo sé, pero a la larga, ¿quién sabe lo que hará?

Alisa sintió que debía defenderlo.

–Es un buen hombre. Ha madurado mucho.

–Te hizo mucho daño –le recordó su madre.

–Me hizo mucho daño, pero eso fue hace mucho mucho tiempo.

–Te mereces algo mejor –dijo su madre.

–Eso suena fatal, mamá –dijo Alisa.

–Ojalá te hubieras casado cuando...

–No lo quería lo suficiente –dijo Alisa. No había querido a su prometido, pero sí quería a Dylan–. Tengo que irme. Después hablamos, ¿vale?

–Quiero verte, hija.

–Pronto –le prometió Alisa, y colgó el teléfono.

Necesitaba hablar con alguien objetivo. Alguien que apreciara a Dylan pero conociera sus fallos. Miró el reloj y pensó que Kate y Amy estarían ocupadas con sus familias. Quizá podría verlas al día siguiente. Llamó a Amy y ella debió sentir su nerviosismo. Le ofreció quedar esa misma noche en un bar cerca de su casa.

Alisa se sorprendió al ver a Kate sentada en una mesa con Amy.

–Noche de chicas –anunció Amy con una amplia sonrisa.

–Me siento culpable por separaros de vuestras familias un viernes por la noche.

–No pasa nada –dijo Kate–. Los chicos les ponen una película de vídeo a los niños en una habitación mientras ellos se van a otra a ver el partido de los Braves. Amy nos ha invitado a cenar.

–Te habría invitado a ti también, pero no estaba segura de si te ibas a ir a Belize –dijo Amy, y arqueó las cejas–. ¿Bueno, tenemos que emborracharte un poco o estás lista para hablar?

–Si alguna vez he necesitado pensar con claridad es ahora –dijo Alisa.

–Vale, pediré un «cosmopolita» para mí –dijo Amy–. Cuéntanos por qué estás en St. Albans y no en Belize. Puedo asegurarte que es un sitio magnífico.

–No sé qué hacer con Dylan –dijo Alisa nerviosa.

–¿Lo quieres? –preguntó Kate.

–Sí.

Ella sonrió.

–¿Has mirado los vuelos?

–Él nunca me ha dicho que me quiere –confesó Alisa.

Amy parecía sorprendida.

–¿Quieres decir, en palabras?

–¿Qué quieres decir?

–Puede que Dylan nunca te haya dicho que te quiere, pero si observas cómo se comporta contigo, te lo está gritando.

Alisa tardó un momento en asimilar eso.

Kate se acercó a ella.

–Estos chicos tienen tanta seguridad en sí mismos que es fácil olvidarse de que de pequeños no tenían a nadie en quien confiar. Les asusta el compromiso porque nunca han comprobado que funcionase en sus vidas.

–Me da miedo confiar en él –confesó Alisa.

–Pero lo quieres. ¿Así que cuál es la alternativa? –preguntó Kate.

–Protegerme, distanciarme, intentar olvidarlo –dijo ella, aunque no sabía si lo conseguiría. No estaba segura de querer vivir sin Dylan.

–¿Hay alguna posibilidad de que encuentres lo que tienes con él, o algo mejor, con alguien más? –preguntó Kate.

Alisa pensó un segundo.

–No. Tengo que mirar los vuelos que hay, ¿verdad?

Amy asintió.

–Lo que sentía por Justin me asustaba tanto que lo único que deseaba era correr en la otra dirección. Cuando finalmente corrí hacia él, ya no sentí más miedo.

Alisa se marchó a las cinco y media de la mañana siguiente y se pegó la paliza de hacer tres transbordos para llegar hasta Belize. El último era una avioneta que la llevó desde la ciudad de Belize hasta la isla de Amber Gris Caye.

La isla estaba llena de parejas, y se le ocurrió que quizá él no estuviera solo. Recordó que ella había decidido correr el riesgo y hacer ese viaje, así que trató de no pensar en ello. Desde el aeropuerto se dirigió hasta la casa de Dylan. Era una casa blanca de dos pisos con el tejado rojo. La buganvilla estaba en flor. Alisa sintió la brisa marina y decidió buscar a Dylan en la playa.

Dylan se terminó su tercera cerveza Beliken y volvió a echarse en la tumbona. Estaba convencido de que el aire de Belize era terapéutico, y que si tenía suerte, conseguiría dejar de pensar en Alisa. Cada vez que pensaba en ella, se moría de dolor. Cerró los ojos.

—Solo dime que estás aquí solo –le dijo una voz de mujer.

La voz de Alisa. Era una imaginación. ¡Cielos, necesitaba hacer ese viaje más de lo que pensaba!

—He dicho que me digas que estás aquí solo. Me han dicho que las avionetas hasta Belize no vuelan después de que oscurezca.

Dylan abrió los ojos y la vio de pie junto a la tumbona. Llevaba una maleta en una mano, y aunque no lo supiera, el corazón de Dylan en la otra. Él pestañeó.

—Si eres un espejismo, muñeca, sigue hablando –dijo él, y se levantó.

—No soy un espejismo. Soy real –dijo ella–. Soy real y estoy asustada.

—No lo estés. Nunca te asustes conmigo –la abrazó, incapaz de creer que hubiera ido allí–. ¿Cuándo cambiaste de opinión?

—Después de discutir con mi madre y de decirle que te habías convertido en un buen hombre.

Dylan se quedó sin habla.

—Después de darme cuenta de que eras la cruz de mi vida. Todavía no he dibujado a Tonto porque he gastado todo el papel dibujándote a ti. Creía que así te sacaría de mi alma.

Él vio que se le llenaban los ojos de lágrimas y le dijo:

—Pero no fue así.

—No –dijo ella con voz temblorosa–. Mi alma trataba de decirme lo mucho que te quiero. Eres el hombre que ha significado todo para mí, mi hermano, mi amigo, mi protector, mi amante.

–Cielos –dijo él. No podía ser cierto. Ella había sido el deseo que no conseguía convertir en realidad, pero lo había conseguido. Se le llenaron los ojos de lágrimas–. ¡Oh, cielos! –era todo lo que podía decir.

Él la besó y sus lágrimas se mezclaron en sus mejillas. Él saboreó el agua salada y deseó poder saborearla a ella el resto de su vida. De pronto, no se conformó con abrazarla. La tomó en brazos y la llevó hasta la casa. Abrió la puerta y la besó de nuevo.

Tenía demasiadas cosas que decirle, muchas cosas que demostrarle. Ella lo besó y Dylan sintió que una ola de pasión recorría su cuerpo. No llegaron hasta la habitación. Él la desnudó y ella le quitó el bañador.

–Te quiero, Alisa –dijo él, y la tumbó en el sofá–. Quiero ser tuyo para siempre.

Mirando su bonito rostro, absorto en su mirada libre de dudas, la poseyó para sellar su declaración de amor.

Dos meses más tarde Dylan y Alisa se casaron en la capilla del hogar Granger donde había empezado todo. Justin, Amy, y sus hijos estaban allí junto a Michael, Kate y Michelle. La felicidad lo invadía todo. Incluso la madre de Alisa aceptó a Dylan como yerno. Después de decir las promesas, los invitados se fueron a celebrarlo a un magnífico hotel.

Comieron, bailaron y cuando Alisa tiró el

ramo cayó en las manos de Horace Jenkins. El brillante investigador no sabía qué hacer.

Dylan sacó a Alisa de la fiesta y se metió con ella en una habitación que servía de armario. Alisa vio las sábanas apiladas en la estantería y comenzó a reírse.

–¿Querías decirme algo?

–Sí. Esto es un milagro para mí –dijo él–. Nunca nadie me ha querido lo suficiente como para prometerme que se quedaría conmigo para siempre.

Alisa sintió un nudo en la garganta. Había tantas cosas que quería ofrecerle.

–Supongo que eso me convierte en la persona más afortunada del mundo, ¿no es así?

Los ojos de Dylan se llenaron de lágrimas.

–No debías haber hecho eso –le dijo.

–¿El qué?

–Se supone que este era mi turno para decirte lo mucho que te quiero y lo importante que eres para mí.

–Oh –dijo ella, y le acarició la mejilla–. ¿Y cuándo me toca a mí?

–Esta noche, en tu cama, vestida con esa cosa negra de seda que he visto en tu cajón de ropa interior.

Ella sonrió. Aunque habían hecho el amor varias veces en la cama de Alisa, Dylan insistió en que pasaran allí la noche de bodas.

–¿Eso quiere decir que quieres que deje de decirte lo mucho que te quiero?

–Nunca –dijo él, tomándola entre sus brazos–. No pares nunca. Y yo tampoco dejaré de decírtelo.

Deseo®...
Donde Vive la Pasión

¡Los títulos de Harlequin Deseo® te harán vibrar!

¡Pídelos ya! Y recibe un descuento especial
por la orden de dos o más títulos

HD#35327	UN PEQUEÑO SECRETO	$3.50 ☐
HD#35329	CUESTIÓN DE SUERTE	$3.50 ☐
HD#35331	AMAR A ESCONDIDAS	$3.50 ☐
HD#35334	CUATRO HOMBRES Y UNA DAMA	$3.50 ☐
HD#35336	UN PLAN PERFECTO	$3.50 ☐

(cantidades disponibles limitadas en algunos títulos)

CANTIDAD TOTAL	$ _____
DESCUENTO: 10% PARA 2 Ó MÁS TÍTULOS	$ _____
GASTOS DE CORREOS Y MANIPULACIÓN	$ _____
(1$ por 1 libro, 50 centavos por cada libro adicional)	
IMPUESTOS*	$ _____
TOTAL A PAGAR	$ _____

(Cheque o money order—rogamos no enviar dinero en efectivo)

Para hacer el pedido, rellene y envíe este impreso con su nombre, dirección
y zip code junto con un cheque o money order por el importe total arriba
mencionado, a nombre de Harlequin Deseo, 3010 Walden Avenue, P.O. Box
9077, Buffalo, NY 14269-9047.

Nombre: _____

Dirección: _____ Ciudad: _____

Estado: _____ Zip Code: _____

Nº de cuenta (si fuera necesario):_____

*Los residentes en Nueva York deben añadir los impuestos locales.

Harlequin Deseo®

CBDES3

UNA OPORTUNIDAD
PARA EL AMOR
Maureen Child

El marine Jeff Hunter jamás habría podido imaginar las palabras con las que lo iba a recibir Kelly Rogan a su vuelta a casa. La noticia de que tenía una hija hizo que le temblaran hasta las botas de militar; pero, una vez tuvo a la pequeña en brazos, supo que haría cualquier cosa para conservar tanto el amor de la niña como el de la madre.

Sin embargo, Kelly rechazó su proposición porque no quería obligarlo a aceptar sus responsabilidades como padre. Jeff nunca había sentido por una mujer lo que ahora sentía por la madre de su hija. De un modo u otro, tenía que demostrar que su comportamiento no estaba impulsado por el deber, sino por el amor.

PÍDELO EN TU PUNTO DE VENTA

Matt Devlin era el clásico donjuán millonario: guapo e irresistible. Era la atracción sexual personalizada. Su familia tenía tantas ganas de que sentara la cabeza que no hacían más que buscarle posibles esposas. Por eso, Matt sintió tanta desconfianza cuando descubrió que su nuevo fisioterapeuta era Kat, una rubia bellísima.

Kat se quedó·horrorizada al darse cuenta de que Matt pensaba que la había enviado su familia. Ella estaba allí para ayudarlo después de su accidente, ¡no para casarse con él! Sin embargo, de tanto hablar de bodas y relaciones, la idea estaba empezando a resultarle tremendamente atrayente.

Heridas del corazón

Kim Lawrence

PÍDELO EN TU PUNTO DE VENTA